宇宙男孩，雨衣女孩。

圖文 陳柚希

目次

一、遺失名字的男孩

男孩曾經以為他的名字就叫做麥子。

據說這源自男孩誕生時的嘹亮哭聲，聽來就像在喊著：「麥子！麥子！」

因為對任何事都毫不在乎的態度，甚至經常忽略自己的真實姓名，久而久之大家也只知道他叫做麥子。

從此，男孩彷彿成為失去真實姓名的人。

每次新學期重新分班自我介紹，無論側著頭思考多少時間，最終總留下出生時就擅自決定的名字。

「大家好，我叫做麥子。」

男孩與眾不同的眼睛，彷彿連風的流動都能看見般，善於想像的天賦。

每當現實生活感覺無趣，便悄悄溜進他浩瀚無垠的幻想世界，進化成宇宙人。

那裡存在總是下雨的孤獨星球。但男孩並不孤獨，遺忘長相的雨衣女孩，總能讓麥子的心靈發芽。

「聽說火星也會下雪喔！但那裡的雪在落到地表之前，就會先蒸發掉……」他覺得宇宙裡充滿未解的謎團。

除了雨衣女孩，沒人能耐心聽麥子疲勞轟炸式的即興演說，而不立即拔腿逃走。就連他養的老狗太極，也經常不給面子夾著尾巴，默默轉身離開現場。

雨衣女孩原本就住在麥子的房間牆壁上，但幾年前房間重新粉刷，便從此神隱在那片天空藍的乳膠漆底下，自成一顆無人探訪的孤獨星球。

而學校永遠像是繞著恆星運行，不容偏離軌道的行星。經常迷航的麥子，在講究秩序的團體裡總顯得格格不入。

同學有時惡作劇稱他為「太空人」或「放空人」，譏笑課堂上老是分心，又無法遵守常規的男孩。

「嘿，放空人！你是不是又把作業，遺忘到外太空去了？」

對於那些嘲諷麥子並不在乎。他無法管制別人的嘴，就像別人也無法從他天馬行空的大腦，按下停止播放鍵一樣！

在麥子繽紛的想像世界裡，任何事都可能發生。

個性穩重的班長，透過麥子奇特的觀察力，蛻變成一頭象。他看著走廊上怕熱的象班長，仰頭喝掉大半瓶礦泉水，彷彿就要從拉長的象鼻裡，噴出清涼水柱來了。

班上高頭大馬的體育健將，也從幾年前開始，就在他眼裡化身為拳擊金剛阿嗚。每當校慶舉辦運動會，麥子都能看到戴拳擊手套的黑金剛，馳騁跑道遙遙領先其他選手！

「奔馳吧！黑金剛！」麥子的加油聲，總是比任何人都熱情響亮。

金剛阿嗚家族所經營的糖果工廠，也算遠近馳名。他的母親總趁校慶時拿來幾袋外觀不良的瑕疵商品到學校，發給各班同學品嚐。

「我不喜歡吃零食，那加了很多不健康的化學添加物，會損害腦部發育。」

貓眼女同學儼然食品學博士的口吻，和鄰座同學討論著新聞播報的食品安全問題。她稍後其

至還悄聲跟旁人抱怨，那劣質巧克力的口感，簡直像在吃屎。

「哈哈哈，只有吃過屎的人，才會知道屎的味道不是嗎？」隨時豎起耳朵等著偷聽的麥子，專門逮人語病。

他們既是同班同學，也是居住同社區的鄰居，兩人惡劣的交情甚至直追溯到幼稚園時代。

麥子從那時起，就背地裡稱她為「瑪莉貓女王陛下」，做為她囂張跋扈的獨裁者代名詞。

雖說貓女王不喜歡吃劣質巧克力，但卻生吞活老鼠！

每當打開美味的午餐飯盒，麥子隨即想像貓咪興奮抖動靈活貓鬚，將老鼠塞進嘴裡的滑稽畫面，然後總忍不住噗哧笑出聲來。

「有什麼好笑的？信不信我馬上去報告老師？」

糾察狂瑪莉貓身上就像裝備了高科技感應器，不管距離多遙遠，隨時都能偵查出麥子的違規舉動呈報老師，簡直是麥子的天敵。

無論襯衫或裙襬，瑪莉貓總能隨時保持嶄新線條，就連頭髮也全一絲不苟服貼在她精明的腦袋上。行進時仰起的驕傲下巴，儼然氣派的王公貴族，完全不辱沒貓女王這個威名！

「難道法律有規定午餐時間不准笑嗎？」

麥子不甘示弱地回嘴。隨後又加碼補充電視新聞看到的，關於開懷大笑有益身心健康的醫學報導。

「很好啊，那祝你笑到下巴歪掉。」

伶牙俐齒的瑪莉貓說完，撇頭收拾餐具離開。

但麥子還有未消耗完的戰鬥力繼續在體內作怪。他無意義地反覆開關門窗，製造的噪音又引起同學的側目。

「喔，又是麥子！好吵哇！」同學們紛紛走避。

幸好糾察狂貓女王已經離開教室，否則兩人免不了又是一陣唇槍舌劍！

午休的鐘聲響起，教室外玩耍的同學，就像結束飛行訓練的鴿子紛紛回籠。

「嘿，麥子！我看到你媽媽又來學校啦！」運動完滿頭大汗的金剛阿嗚，抱著籃球走進教室。

「是嗎？」他歪著頭一派輕鬆地回應著，似乎早習以為常。

麥子經營家庭美髮院的母親，經常被級任老師邀請到辦公室喝下午茶。

倒不是兩人之間有深厚友誼需要常見面，而是無法控制衝動的麥子，老在學校裡闖禍！

繼幾天前拿黑墨汁，甩在別人乾淨的白制服上，昨天又惡作劇將同學的鞋帶綁在一起，害他們摔跤。

而這回，是乾脆拿奇異筆將學校新添購的課桌，當成畫紙胡亂塗鴉！

「我前一秒才在課堂上耳提面命，要同學愛惜公務，下秒鐘就看到他在桌面上亂畫！」

說話聲鏗鏘有力的級任老師，不斷細數麥子近期的逾矩行為。

大概是剛飽餐一頓，原本就不夠寬鬆的上衣似乎更緊繃了。每帶一個手勢，腰間層層贅肉就像彈簧似地晃動起來。

麥子母親因為想起兒子經常提起的彈簧人，而差點笑出聲來。雖覺得對這位級任老師十分不禮貌，但想想倒也形容得十分貼切。

不停道歉的她，只好花錢賠給學校全新課桌，然後花費好大力氣，才總算將那張被亂畫的課桌扛回家。

直到後來麥子長大成人，那桌子還擱置在他房間角落裡，桌面上擦不掉的士兵，也依然仍持槍對峙著，永遠無法分出勝負。

「喔，麥子！我該拿你怎麼辦呢？」

總是無法遵循常規的麥子，儼然已成為師長們眼中的頭痛人物！

無計可施的母親後來只能求助醫生，說是注意力不足過動症。

之後每吃過醫生開的處方藥劑，麥子總覺得自己像《陰屍路》影集裡，那種沒有情緒思想的殭屍般行屍走肉。

逐漸被醫療手段馴化的麥子，就像被斷電的馬達突然靜悄無聲。

他想起被隱藏在牆壁裡，總是穿著黃色雨衣的女孩。那曾是麥子年幼時期畫在房間牆上的幻想朋友，不知道為什麼近期經常想起她。

「嗨，小雨。」

當時曾因對著虛擬的黃雨衣女孩說話，被神經質的奶奶誤以為撞邪，還強拉他到廟裡求神問卜了很長時間！

後來在奶奶一聲令下，牆壁被重新上漆，雨衣女孩也從此藏在天空藍的乳膠漆底下。

回想那些不被旁人理解的經驗，麥子頓時明白，想像世界終究只能存在腦海中及畫冊裡，像祕密一樣被妥善珍藏起來，假裝一切並不存在。

麥子曾是麻雀般蹦蹦跳跳，又滔滔不絕話很多的男孩。如今想說的話，也全被自己悄悄收進畫冊裡了。

✧ ✧ ✧

在麥子的世界裡，彈簧人老師是位馬戲團馴獸師。

從他嘴裡吐出的數學公式，幻化成只有麥子能看見的符號在空中翻滾。是傳授講台下這批懵懂的幼獸，所專用的神祕咒語。

「這些公式很重要，務必要背起來！」

馴獸師用力說著。每講解到激動處，腰間的彈簧彷彿就要將他的上半身，強力彈向遙遠天際似的。

「你又放空到哪裡神遊了？要不要站起來說給大家聽？」

總是沉溺自我想像宇宙裡而無法專心的麥子，在課堂上被彈簧人馴獸師當眾揪了出來！被拉回現實的麥子，因此被罰洗二樓男廁整整一個星期。

但即使如此，他絲毫不認為這是懲罰的苦差事，如此一來他可以趁機操作構想很久的洗廁所實驗。

其中天女散花式洗廁法，是麥子感覺最有趣的方式！

「不覺得這樣很像進入水濂洞嗎？」麥子得意地跟金剛阿嗚分享成果。

不過嚴格的馴獸師可不這麼認為。當他前往男廁稽查麥子的清潔工作是否確實，卻被天花板落下的水滴，搞得全身濕答答！

「我是要你刷洗馬桶，並不是讓你清洗天花板！」

只差沒拿起鞭子，彈簧人馴獸師氣得七竅生煙，又罰麥子去拔操場上的雜草。

總是無法停止想法的麥子，又為此思索出許多除雜草的方法來。

「這時如果太極在學校就好了！」他想訓練太極，成為吃雜草的專業家犬。

太極是隻黑白花的蓋耳混種狗。左臉白色、右半邊臉卻是黑色，因為臉孔的毛色分布酷似太極圖而命名。

牠神乎奇技的專長，是將半鍋帶殼的蜆肉，用舌頭秒速挑食乾淨。某日就連偶然路過的蘇達萍和蘇達芬雙胞胎同學，也看得嘖嘖稱奇。

在麥子眼中，她們無疑是兩塊難分辨的蘇打餅。簡直像使用電腦複製後貼上的功能。所幸還能從制服上的學號，勉強認出誰是蘇打餅十一號、誰是蘇打餅十二號。

「哇！真的超級神速！」蘇打餅十一號說。

和她有相同臉孔的姊妹，也總接著說出類似的話來，而且屢試不爽。

「對啊，真的超神速！」蘇打餅十二號果然跟著說。

從此太極秒殺吃蜆的事被誇張化，迅速在班級裡傳開來。

注重養生的麥子奶奶，每週都要熬美容養肝的蜆精食用，熬湯留下乾柴的蜆肉，便全餵進太極食慾旺盛的胃裡。

麥子原本還在想，太極的肝臟也許會因此變得更健壯也說不定。然而長期下來，營養過剩的太極胖到肚皮都快拖垂地板上，體型和花色簡直就像迷你小乳牛！

「太極，吃飯囉！」

只要捧著狗盆在門口大喊，不論多遠太極都會聞聲撒開四條短腿，火速狂奔回家，然後用最快的速度完食。

太極離奇消失的那天上午，正好是麥子小學生涯的最終日。

從清晨開始太極就顯得十分焦躁，來回在住家旁巷子裡，不停踱步幾個鐘頭。

等麥子畢業典禮結束返家已遍尋不著蹤影，就算採用食物引誘，也完全發揮不了作用！

麥子循著平常遛狗的路線尋找了整個下午，但沒人看見他的狗。

「大概到哪裡去玩，餓了自然就會回家吧！」奶奶顯得並不擔心，說完仍繼續低頭滑手機。

年過花甲的奶奶，在電子化的宇宙裡彷彿回春。手機裡每張自拍照經過美膚程式，都像生化人般完美無缺。別說是魚尾紋，就連毛細孔都完全看不到！

也的確，太極已數不清是第幾次離家了，從前也曾有過這樣的不良紀錄。然後在太極終於返家後又經過數月，附近空地裡總會陸續誕生許多幼犬來，而且每隻都疑似遺傳自太極的黑白毛色，以及獨特的超級短腿。

麥子記得奶奶還拍攝可愛的幼犬相片上傳臉書，很快就找到願意飼養的主人。

然而這一回，麥子就是感覺有某種說不上來的不對勁！

彷彿當年眼看著黃雨衣女孩，被漆料封存在牆壁裡，那種遺失部分自我的孤獨感，又在心底蠢蠢欲動。

二、尋狗迷航地圖

太極失蹤已經第五天了。

化身尋狗偵探的麥子，避開隱藏雨衣女孩的牆，在另一面牆壁張貼以住家為中心的簡易地圖，那是追查太極行蹤的路線圖。

從一點鐘方向開始做重點式搜索，目前已尋訪到七點鐘的位置。

「婆婆，有看到太極往哪方向離開嗎？」

麥子每次騎單車出門尋狗之前，總會先詢問鄰居婆婆。

她因為膝關節疼痛哪裡都去不了，只好大清早就坐在門廊前，無聊呆望著進出民眾消磨時間。

只差無法存取與備份監視畫面，麥子覺得老婆婆儼然是社區裡的活人監視器。

「不知道，偶不知道啦！」

然而不管問幾次，鄰居婆婆總不假思索地搖搖頭，只想盡快打發走他。因為麥子是她所見過，話多又難纏的男孩！

連日來，麥子調查過野狗群聚的廢墟，也像臥底刑警到附近羊肉爐小吃店，進行跟監與埋伏。

確定羊肉店家並沒有「掛羊頭賣狗肉」的嫌疑，才總算為太極的安危鬆口氣！

午後，麥子帶著一身臭汗，溜進冷氣開放的藍海書屋。

狗不識字當然不會在書店裡逗留，但麥子須暫時躲避戶外炎熱高溫，就會到這兒來避暑。

他在距離結帳櫃台很近的書櫃前面，翻看關於艦艇的百科全書。

不過比艦艇書籍更有趣的，是戴藍色瞳孔放大片的短髮女店員。

她的身體彷彿已和手機融為一體，成為器官的一部分。只要逮到說話機會，就毫不避諱說個不停的人。如果沒人自告奮勇前來阻止，女店員大概會堅持講到世界末日為止！

「上次提過像鬧鐘般準時，每天傍晚七點十五分到書店的男人，這幾天都沒再出現了。」

她旁若無人地拿著手機，向電話另一頭的友人訴說著。

「該不會是發生什麼事情吧？像是生病還是突然搬家？」

經常到藍海書屋的人，大約都能從她的電話對談中，瞭解關於年輕女店員的私生活，甚至她祖宗八代不為人知的祕辛！

藍瞳孔女店員的戲劇人生，也像電台廣播劇場，每次都有全新發展。

麥子甚至還知道她下個月就要結婚了，但新婚即將入住的公寓，遇雨天就會漏水。除此之外，她還養了一隻老是躲在衣櫥裡面睡懶覺的肥貓。

店裡選購書籍的人，大都全神貫注在書本的情節中靜默著，只有女店員的聲音滔滔不絕迴蕩在麥子耳邊。

簡直像是肚子裡面藏著一座蜂巢，每次說話時就有數量龐大的蜜蜂，不間斷從她嘴巴裡面，嗡嗡嗡成群亂飛出來！

「還有我最近在想，是不是應該更改原本的行程，換成到馬爾地夫度蜜月？」

她猶豫著。

「好像有科學家研究說，如果地球持續暖化造成海平面上升，那裡就會被海水滅頂，變成另一個消失的亞特蘭提斯！」

麥子還在期待話題的高潮，但走道裡像鯊魚般散發危險訊號的男人，突然豎起他的背鰭快速游向櫃台。然而女店員卻沒有立即放下手機的打算。

「可以麻煩動作快一點嗎？我在趕時間！」

鯊魚男銳利的眼神，彷彿就快激發出雷射光！

「不是正準備幫您結帳了嗎？」女店員這才慢條斯理關掉手機。

他雖緊繃著臉不再出聲，但麥子可以明顯感受到，周遭正瀰漫鯊魚準備獵食前，緊張的肅殺氣氛！

「嘿！麥子。」

象班長晃動扇形的大耳，突然從書櫃後面走過來，說是趁補習空檔到書店買參考書。

毫無疑問地，總是循規蹈矩的象班長，勢必整個暑假都得待在補習班裡，預習下個學習階段的課程。

他在說明近況同時，麥子的眼光仍不時瞥向櫃台，密切觀察鯊魚男與置生死於度外女店員的最新動態。

直到鯊魚般的中年男子好不容易結完帳離開書屋，麥子才將注意力，重新拉回象班長話題上。

「你呢？暑假打算怎麼過？」象班長磨蹭著粗壯的雙腿，轉換了站姿。

「除了尋找太極之外，並沒有特別想做，或該做的事。」麥子聳聳肩，告訴班長太極失蹤的事。

「那麼我前幾天看到的，說不定就是太極的項圈！」象班長昂起象鼻回想著。太極的項圈並不難辨認。經過雙胞胎蘇打餅的廣為宣傳，全班大都知道那上面有麥子用油性簽字筆抄寫著「易有太極，是生兩儀。兩儀生四象，四象生八卦」的《易經》用句。

櫃台區的藍瞳孔女店員重新拿起手機，進行另一回合的話題。

麥子不知不覺又分心了。

他很想立刻鑽進話機裡，看看對方究竟屬於哪種奇怪生物，為何總有那麼多無聊時間和女店員講電話！

彷彿要趕走周遭蜜蜂盤旋的嘈雜聲似的，象班長揮動了一下長鼻子，然後提供麥子一個關於太極的重要情報！

「其實我在幾天前，偶然發現一位拾荒老人的三輪車裡，有疑似太極的項圈！」班長慢條斯理地說。

他提供的有利線索，讓麥子精神為之一振，急忙拿出相片給目擊者象班長觀看。

「嗯，我想就是這個沒有錯！」象班長看過照片裡的項圈後更加篤定。

原本還想再多說些什麼，但他母親停在門口的座車，已鳴起喇叭催促聲了。

「抱歉，我該去補習班了！找到太極記得通知我。」他說。

「好，謝謝你提供的情報。」麥子燃起希望。

象班長結完帳匆匆走出店門，突然想起重要的線索，回頭補充一句：「對了，我覺得那位拾荒老人，和太極的臉長得很像喔！」

「那老人和太極的臉長得很像？」

象班長離開之後，麥子仍不停思索這話裡的含意。

藍瞳孔女店員仍繼續在講電話，但已更換麥子不感興趣的話題。他只好離開書屋，漫無目的在大街小巷穿梭，四處尋找可疑的拾荒老人。

究竟是什麼長相的人類，會和狗的模樣相似？原本好端端在太極脖子上的頸圈，又為何會落入拾荒老人手裡呢？

麥子思考了好久，始終沒有想出答案來！

✧ ✧ ✧

隔天，麥子的畫冊裡，多了幾張模擬太極長相的老人肖像圖。

雨衣女孩就隱藏在書桌的右牆裡，麥子盯著那面天空藍牆壁想了許久，卻一直想不起記憶裡小雨的長相。

麥子全家人就住在母親經營的家庭美髮院樓上，那是三層樓的老舊透天建築。美髮院就開設在社區住宅裡。因為收費低廉，客人多半靠鄰里居民口耳相傳，招徠不講究時尚的婦人或學生族群光顧。

瑪莉貓女王幾乎每個星期，都會跟隨她的貓太后母親，到麥子家的美髮院洗頭，然後要求綁兩束兔耳般的長髮辮。

班上男同學們，向來都以拉扯女生的長髮為樂，但從沒人膽敢伸手去抓貓女王的辮子。只有吃過熊心豹子膽的麥子，曾經觸犯她神聖不可侵的髮絲！

「你找死嗎？」她冷冷瞪視著麥子。

相較其他女生暴跳如雷的情況，她冷若冰霜的表情，反而更令人不寒而慄。

「呃，抱歉我認錯人了！」麥子機智地回應著。

他想像自己在貓女王的命令下，被盔甲貓士兵圍攻，然後遭五花大綁扔進寒冰刺骨的湖裡，變成冷凍人。直到一個世紀過後，才被探險隊從雪地裡挖掘出來。

瑪莉貓女王今天之所以到美髮院來，顯然並不是來洗頭。為了告別童年，貓太后下令要她將長髮剪短。

「依我看，大約剪短到肩膀上方的長度好了！」

貓太后指示完，便低頭翻雜誌補充影劇圈的八卦常識。

根據麥子長期對女性髮型的演化觀察，小時候綁髮辮的女生都像長耳兔；少女的直髮像拖把；熟女染色的波浪長捲髮則是辣味泡麵頭；至於高齡的銀髮族婦人，則千遍一律頂著花椰菜髮型。

每當逢年過節前夕，樓下美髮院總像豐收的菜園，擠滿一顆顆噴了大量髮麗香的蓬鬆花椰菜。

那股刺鼻的香味即使鎖住了房門，也還會從每個隙縫，竄進二樓麥子房間！

「其實剪短髮比較好整理喔！」

麥子母親試著安慰快掉淚的瑪莉貓，但完全不管用！她現在就像被拔光貓鬚的女王威嚴盡失，長時間低頭不發一語。

美髮院裡沒人再繼續開口說話，只有天花板上的吊扇，一直呼啦呼啦轉動著。奉命下樓清理洗髮台的麥子，不巧正撞見她遭受貓太后壓迫，不欲人知的悲情一幕！

即使淚水已在眼眶打轉，瑪莉貓仍不時用眼神脅迫麥子，像是在警告他，如果將她哭的事說出去，他就死定了！

冷汗直流的麥子，彷彿又看到神出鬼沒的貓士兵，從地板底下冒出來，拿出長茅猛刺他的腿。

「等一下，我先拿鏡子給妳看後面的造型。」麥子母親說完轉身去拿鏡子。

但被迫剪短髮的瑪莉貓，顯然心情尚未平復。跳下沙龍椅，頭也不回逃出美髮院，大概急著返回她的貓星球！

「記得先複習英文單字，回家我會抽考喔！」貓太后大聲提醒逃跑的瑪莉貓。

「要背妳自己去背啦！」她不甘心地回應著。

「沒背完全部單字，今天就不准玩電腦！」貓太后下最後通牒。

無論是瑪莉貓或象班長，即使是暑假好像也全都上緊發條，持續努力課業的精進。相較之下，麥子覺得自己置身的世界宛如天堂。

其實就算勉強他上緊發條，或乾脆在身上裝入電池，應該也發揮不了作用。

麥子的數學從小學四年級後，就沒有及格過了！母親因此將虎媽精神，全投注在今年即將升三年級的小兒子傑米身上。

傑米大概來自聰明星球，他是父母引以為傲的資優生，未滿四歲到餐廳用餐時，就已能看懂菜單上全部的文字。超齡的鋼琴演奏實力，更是每逢佳節親友團聚時，母親得意的炫耀利器。

儘管全家沒人搞懂舒曼跟舒伯特有哪裡不同，卻總是輕率預約傑米的未來，說他將來必定成為了不起的音樂家。

因此，情緒緊繃的傑米，就連睡覺時都經常說夢話兼磨牙。麥子擔心也許某天醒來，傑米的牙齒就全磨成碎粉末了也說不定！

「聽說江家廚房重翻修了，那位太太平常不是不做飯的嗎？」

沙龍椅上的貓太后突然開啟話題。即使貴為太后，洗頭時也不免俗喜歡閒聊民間瑣事。

美髮院向來是社區的情報交換中心，哪家夫妻因什麼緣故吵架，或是誰家裡裝了幾台什麼廠牌的冷氣，社區的婆婆媽媽全瞭若指掌。

鉅細靡遺的程度，簡直身歷其境躲在對方家抽屜裡，隨時豎起耳朵偷聽似的！

麥子懷疑他們全是穿著人類皮囊潛進美髮院，企圖竊取地球生活情報的奇怪星球人。

包括那對一絲不苟的貓母女在內！

三、狗臉的拾荒老人

每回外出離開居住的朝陽社區之前，麥子總忍不住朝監視器婆婆的住家張望。這次他還沒靠近她家門口，婆婆蹩腳的國語就老遠朝他喊著：「麥擱問，偶真的不知道啦！」

但仍執意逗留的麥子，甚至還叨擾了十幾分鐘才願意離開，那還是監視器婆婆急中生智假裝尿急，才總算打發走他。

這天下午麥子沒有到藍海書屋吹冷氣。因為掌握象班長所提供的新線索，麥子的偵查工作不得不重新回到起點！

「太極！太極！」

騎車路經蔓草叢生的廢棄工廠時，麥子總不忘朝隱密深處吶喊。然而卻也只是引發皮膚長癬的野狗，連鎖反應的狂吠聲而已。

住家附近的朝陽運動公園，是麥子和太極初相遇的地點。

當時的奶奶只是普通老婦，還沒進化成電子生化人。每天早晨到運動公園跳土風舞，總不忘也順便帶麥子到公園沙坑玩耍。

「好可愛的小狗喔。」五歲時的麥子說。

莫名得到讚美的幼犬因此盯上麥子，整個上午不停圍繞在身邊打轉。其中長相陰陽怪氣的黑白臉小狗，就是後來被麥子收養的太極。

大概抓住老人和小孩容易心軟的心理，太極跟蹤他們回家，便從此賴著不走！

另一隻全身黑毛的幼犬，聽說也如法炮製尾隨看來面慈心善的老人回家，竟也順利被收養了！

他當時在想，兩隻無家可歸的狗，或許已私下划拳分配跟蹤誰回家的協議！

「但是狗也能出布，永遠沒辦法做出石頭或剪刀手勢呀！」

麥子彷彿能聽見牆上的雨衣女孩，對他提出反駁。當時她身上的黃雨衣，顏色還無比鮮豔美麗。

公園裡大型的綜合式兒童遊樂設施，是近幾年才增設，以往只有簡陋沙坑，還有幾座針對不同活動部位的運動設施。

那些固定式的運動器材看來很像拷問刑具，偶爾幾個低年級的鄰居小孩，會戴著紙袋做的頭套，到這兒玩拷問犯人的遊戲。

「快點招了吧！你昨晚睡覺前沒刷牙吧？」扮演獄卒的小孩逼供著。

「呃，其實我前天晚上也沒有刷牙。」誠實的犯人說。

他們玩遊戲時的對話，多半都很無腦。

早晨和黃昏是民眾運動的顛峰時段，人們在運動完解渴後留下的空罐，總會塞滿公園垃圾桶。

麥子猜測，象班長日前遇到的拾荒老人，說不定也會到這兒來。

他像泰山敏捷攀上單槓，躍到至高點位置。居高臨下完美的視野，可以看見公園每個角落。

下午四點以後，陸續有外籍看護推輪椅進入運動公園。

麥子發現當年曾和奶奶參加土風舞社團的人，有些已成為行動不便的老人！

大概是長期培養的默契，看護將輪椅上的老人全聚集一起，像團康活動圍坐一圈，卻沒有進行趣味遊戲的打算！

忙裡偷閒的外籍看護全擠到涼亭裡，用麥子聽不懂的母語愉悅做交談。多半的老人都因為中風無法言語，就算還能正常說話的老人，大概也找不到共同話題，彼此面面相覷呆坐著。簡直像復活島神祕的摩艾巨石群像，不明所以地被人矗立在那裡。

誰也不知道那些沉默老人的背後，隱藏什麼驚人的歷史！但麥子想像力的雷達，彷彿可以偵測出老人們，透過心電感應在偷偷交談。

「嘿，我昨天到祕魯馬丘比丘，神遊世界遺產哩！」矮個子老人得意地說。

「我曾踏遍世界五大洲，探訪過古文明也親眼見識不少稀世珍寶，但現在也只是個行動不便的老人而已！」瘦子老先生不勝唏噓。

「唉，我年輕時還差點成為電影明星呢！」戴紅帽子的胖阿婆，遙想著昔日的青春貌美。

事實上，老人們雖彼此對望許久，卻始終未開口。曾有過的輝煌歷史，因無人探掘只能隨著時間腐朽，永遠埋葬在沉默之中。直到天色逐漸昏暗，結束交誼時間的外籍看護，才推著圍坐的老人離開。

原本還在遊樂設施前推擠嬉戲爭吵的孩童，不知何時也已鳥獸散。零星幾位慢跑的民眾，似乎也在做離開公園前的準備。

麥子沒有看到任何長得像太極的拾荒老人，空蕩蕩的公園只有一位拿著竹掃把的老婦，在進行垃圾回收及環境清掃工作！

關於尋狗任務，本日完全沒有新進展。

✧ ✧ ✧

回想起來，太極一直是條盡忠職守的家犬。

每次睡覺前總是拖著肥胖的身軀，每樓層角落確實巡視一遍，確定沒有宵小入侵才安心返回床邊，趴在麥子拖鞋上聞著熟悉的鞋臭味入眠。

有天清晨，麥子夢見踩高蹺大象在肚皮上跳舞，讓他從肚子差點破裂的夢境驚醒。這才發現是好奇心旺盛的太極，為了攀窗觀看聚集電纜線上的痲雀，竟不惜將麥子的肚子當墊腳石！

當時，太極已是體重很不一般的成犬了！

「小雨，我又睡不著了！」他盯著漆黑房間的某處自言自語。

腦袋像是裝了電動引擎，總是因無法停止運轉而失眠。即使睡著了，也會被持續運作的大腦，帶到某個夢境裡。

多半是白天的胡思亂想加上生活中接收的訊息，凝結成作夢的素材在腦袋裡自編自演，麥子稱為「夢境電影院」！

像是在睡覺時順便看了場電影，一點都不浪費睡眠時間。

那晚他夢見自己變成一條狗，沿途嗅聞太極刻意透露行蹤的尿騷味，離開居住的城市迷了路。後來遇見穿黑色斗篷戴著帽兜，感覺不合常理的神祕擺渡人。

「可以載我離開這裡嗎？」

原本是想用人類的語言這麼對擺渡人請求，但嘴裡卻只能不斷發出「汪！汪！」的犬吠聲而已。

渡船的行駛速度並沒有比步行快多少，簡直像行動遲緩的老人，磨磨蹭蹭地划行著。

感覺就像過了一個世紀那麼漫長。

戴帽兜的擺渡人，突然遙指前方濃霧裡的浮島，表示那裡是渡船抵達的目地。

事實上，那座隱藏濃霧裡的神祕島，是人類製造的垃圾和廢棄物殘骸，匯聚海洋糾結形成的垃圾島！

大概是睡前看了探索頻道關於生物與海洋垃圾的報導，電視螢幕裡那座怵目驚心的垃圾島，才會無比清晰地飄進麥子夢境裡。

電視報導因為生態環境遭破壞，找不到殼的寄居蟹被迫以瓶蓋為家，在保麗龍形成的沿岸隨處亂爬覓食。島上垃圾風化後產生的大量塑料碎片，更是全餵進了海鳥和其他海洋生物的胃！

夢裡變成狗的麥子，追著滾動中的塑膠瓶蓋，深入漂流物聚集的島內核心。

「汪！汪！」

島上覓食的海鳥被不速之客驚擾，成群飛起。

這裡儼然已成為生物的新興棲息地，麥子甚至還發現前方的大海龜，大口嚼著島面無所不在的塑膠袋，似乎是將這些垃圾誤當成食物吞食。

「汪！汪！」

麥子又吠了兩聲企圖阻止，但海龜聽不懂狗語言依舊低頭狂吞，很快就將垃圾島吃破一個大洞來！

垃圾島的面積隨著海龜的咀嚼速度，明顯逐漸縮小規模。然而毫無飽足感的海龜，依舊吃個不停，彷彿胃裡藏有神祕的黑洞，能將垃圾殘骸全消化進某個不知名的地方去似的。

腳步無法站穩，甚至已無立足之地的小狗麥子，眼看自己即將掉落海裡卻無計可施，只能遙望岸邊的擺渡人，向他求救。

迎面海風吹開那人掩面的帽兜，麥子這才終於窺得擺渡人的真面目，那是狗頭人身，臉孔跟太極相像的老人！

噗通！麥子抱著吞食完最後一片垃圾的海龜，瞬間墜入深沉的海底。

夢醒了，他發現自己渾身濕透了，彷彿真實才從海裡爬上岸！

這怪夢或許是個預兆！幾天後，麥子果然遇見象班長提過的拾荒老人。

✧ ✧ ✧

因為又在夢境裡迷航，麥子近中午才起床。

進廚房準備吃早餐，發現休假的父親在餐桌前，用筆電在搜尋露營車的資料。

「不得了，起得可真早！」他說著反話揶揄麥子。

麥子學瘋狗在父親身上不停亂啃亂跳，那是他特殊的親暱行為表現。

「是被狗靈附身嗎？小心被奶奶撞見，又帶你去廟裡驅邪！」幸災樂禍的麥子父親，咧嘴嗤嗤笑著。

麥子無厘頭的想像力大概來自遺傳，因為他父親也同樣是想法很不切實際的人；早年曾夢想風帆動力的遊艇馳騁大海，近期則想擁有設備齊全的露營車。就像是隨時想逃家的青少年，總想著要到遠方自在過流浪生活。

當然，這全都被家中掌管經濟大權的麥子母親，給打了回票！

「你如果膽敢買露營車，我會免費附贈你靈車！」她撂下狠話。

家中就屬麥子和父親站在同一國。

「為什麼不能買露營車？為什麼不能買露營車嘛？」麥子強調似地問了兩遍。

古人不是都說「讀萬卷書，不如行萬里路」嗎？他覺得露營車可以為全家人開拓視野，不知母親為什麼反而要他們認真讀書，卻不肯行萬里路去增廣見聞！

「那看是要搭公車，或是乾脆用走的都行，為什麼非要買露營車才能增廣見聞？」

母親務實的回答，讓鬼靈精怪的麥子也不禁閉上嘴巴！

小時候，父親經常帶麥子玩想像力遊戲。麥子因此學會，再怎麼無聊的地方，只要加入一點天馬行空的想像，就會立即變有趣。

「運用美好的想像力仔細觀察，雖然世界不會因此改變，但是你可以活得更精彩。」麥子的父親曾這麼對他說。

他們喜歡坐在自家門口，假裝在海島國家度假做日光浴。

幻想前方道路是廣闊大海，路過行人都是穿泳衣的泳客，偶爾還有騎水上摩托車民眾呼嘯而過。騎腳踏車路過的阿婆在父子看來，卻是活力十足的比基尼婆婆正在衝浪。

「喂！你們父子擋住門口，我是要怎麼做生意？」

母親的抱怨聲，總是會適時終結他們逗趣的夏日幻想。

麥子父親看看時鐘，也該是載傑米上鋼琴課的時間了。他暫時關掉儲存電腦裡的露營車夢想，決定先盡做父親的本份。

「傑米，鋼琴課的書包帶了嗎？」

「早就準備好了！」傑米看著衣衫不整、滿臉眼屎的父親，露出無奈的表情說：「不過您好像應該先去換個衣服比較好。」

原本拿著機車鑰匙準備出門的父親，這才驚覺起床後睡衣仍穿在身上。不過這已不是第一樁糊塗事了！他還曾有過將綠色制服，直接套在未脫掉的睡衣外面，就出門上班的紀錄！

生化人奶奶幾個鐘頭前，就將自己打扮得十分雍容華貴，趕著參加電子人社群的聚會。家裡只剩母親在店裡，馬不停蹄遊走在洗頭客人之間忙碌著！

已多日沒到藍海書屋，麥子惦著女店員總是源源不絕的有趣話題。在積極尋狗之餘決定先前往書屋消磨時間，途中巧遇像太極的拾荒老人，也是始料未及！

來到社區前的便利商店，麥子發現店門口停著堆放回收物的三輪板車。

「啊！那會不會是像太極的老人？」他有預感，這次肯定錯不了！

當時撿拾回收物的老人正背對麥子，在便利商店騎樓下綑綁廢紙箱。麥子躡手躡腳走到三輪車旁翻找，並沒發現狗項圈。事隔多日，或許早已進了回收廠。

「還有，這些也都麻煩您收走喔！」超商店員又搬來一袋飲料空瓶。

「多謝！多謝！」

佝僂的老人道完謝轉身面向他的瞬間，麥子體內的血液頓時沸騰。

「真的是他！」

看過老人的臉孔之後，總算理解象班長所謂的「長得和太極相似的老人」，究竟是怎麼一回事了！

原來，拾荒老人右眼延續大半邊臉頰，有塊明顯深色胎記，色斑分布位置就跟太極面部毛色十分雷同。

他毛骨悚然想起《聊齋誌異》裡，狐仙化身人類的故事。說不定吃多蜆精的太極，也學會變身的本事了！

用犬科的年齡換算，老狗太極的年紀和眼前的老人歲數其實相去不遠。

麥子並不打算打草驚蛇，只是尾隨老人沿途拾荒近半個城市，順便觀察老人和太極之間，是否還有其他可疑的相似處。

遺憾的是，老人並沒有像太極在路邊隨地便溺的習慣。他就像一般正常人類，總是安分前往公共廁所裡排泄。

因此，麥子初步排除眼前的老人，是太極偽裝人類的嫌疑。

黃昏時，老人騎著改裝的三輪車滿載而歸，來到位處偏僻的巷口。

班上的體育健將金剛阿嗚，家族世襲的糖果工廠就在附近。麥子曾來過幾次拿免費糖果吃，卻從未留意這條感覺陰森的舊巷弄。

「棋盤巷。」麥子唸著巷口的路標。

儘管命名為棋盤巷，卻不是像棋盤筆直方正的路。

紅磚牆砌成彎曲的路讓人無法一眼望穿。像是一條時光隧道，說不定轉個彎就會回到某個懷舊年代去！

老人走進圍牆外爬滿糾結茂盛雞屎藤的庭院。

牆裡的平房瓦屋看來絕對已超過一甲子，說不定還更久。感覺一個大噴嚏，就會立即被吹倒！

屋子須修補的牆壁裂縫，全靠撿來的窗框、門板還有鐵皮隨性拼湊。

雜亂無章的庭院被廢棄物，堆成幾座高聳的山丘，麥子就算想從中找出太極的項圈，恐怕也有如海底撈針！

四、被消音的雨衣女孩

氣象預告白天仍悶熱，但午後可能有雨，紫外線指數達過量等級。出門時仍豔陽高照，麥子覺得根本不需要帶雨具。他騎單車火速朝棋盤巷前進，路經監視器婆婆家時，並沒有像從前一樣停下來。

「麥子，騎這麼快急著去哪裡啊？」婆婆朝他背後大喊著。

「我去找像太極的老人啦！」麥子的聲音隨輪子快速轉動而飄遠。

她眼看著麥子飛也似地離開朝陽社區，突然覺得有點落寞。或許心裡還是有些期待麥子的叨擾。

棋盤巷拾荒老人的三輪板車並不在院子，估計早已外出撿拾回收物了。

「有人在家嗎？」麥子停下單車，朝老屋裡大喊著。

廢棄物四散的凌亂庭院，許多雜草從水泥隙縫中肆無忌憚冒出來，幾隻蜥蜴在其間狂奔亂竄。

院子裡很安靜，連狗叫聲都沒有。只有偶爾吹來的風，婆娑搖晃榕樹葉聲音而已。

「好痛！」不斷東張西望的麥子，被什麼絆住腳步，跌了個踉蹌！

低頭看到腳邊被攔腰折斷的電扇，歪著頭已失去生命力，冷氣機也露出生鏽的內臟。

這裡是堆積廢棄物殘骸的墓地，失去功能的萬物都在這裡長眠，或等待部分仍可利用的器官被移植。

多數民眾因為資源分類不確實，因此拾荒老人的院子裡不僅只堆放著待價而沽的回收物，這裡簡直像是跳蚤市場般，應有盡有。

麥子擅自闖入這片死寂的廢棄物安息地，在眼花撩亂的雜亂殘骸堆中翻找，卻老是難改分心的習慣。

「呵呵，感覺像在尋寶！」他戴著廢棄堆中找到的栗色假髮，自言自語著。

不管是斷絃壞掉的吉他、獨臂的機器人，甚至是慘叫雞橡膠玩具，麥子都要把玩幾遍，才勉強想起尋找狗項圈的任務尚未完成。

即使如此，有如進入寶山的麥子，仍不時被其他新奇物品吸引。

另一個雜物箱裡，有去年度精裝本的時間規劃手冊，裡面鉅細靡遺的計畫，只差沒將上廁所的時間寫下來而已。

「六點五十五分，美饌自助餐。」

「七點十五分，藍海書屋。」

麥子讀著手冊裡，除了工作區之外，兩個每天固定的行程。那個時段，麥子多半才剛吃完晚餐，和傑米在客廳看卡通動畫影片。

他想起藍瞳孔女店員講電話時曾提起過，像鬧鐘般準時到書店報到，近期卻行蹤不明的男人。

但畢竟這已經是去年度的行事曆了，手冊裡並沒明確交代男人究竟去了哪裡。只好默默再將手冊放回紙箱裡。

這時他忽然感到一陣不自在，隱約感覺背後有人正從牆縫或暗窗裡，窺伺他的一舉一動。但回頭，那視線便立即消失無蹤。

「有人在家嗎？」麥子再次提高音量確認，四周仍靜寂無聲。

屋前廊道的水泥地面上，留著一排深陷的狗腳印，大約是水泥未乾時就已經留下的。麥子不確定那腳印是不是來自太極。

「太極？」他試探地叫喚，但周圍毫無動靜。

透過蒙塵的紗窗朝老屋裡張望，有鋪竹蓆的床和衣櫥，房間小而簡單。他直覺這是老人的房間。

另一扇溝槽積滿壁虎糞便的窗子裡面，是簡樸風格擺設的客廳，擺著兩張不舊沙發，和滿是歲月痕跡的暗色茶几。

中午的殘羹剩飯還留在破舊茶几上沒人收拾。當麥子看到湯碗裡殘餘的蜆殼，不禁露出吃驚的表情，心裡又有滿滿的疑問無法消化。

「呃，那不是太極平常最愛的秒殺食物嗎？」

麥子原本想待在這裡等老人回來，追問太極的下落。但黃昏前突如其來的大雨擾亂計畫，只好撤退到屋側的茂盛大樹下躲雨。

如果不是為了躲雨，或許不會發現老榕樹底下，隱藏著像倉庫般的水泥建築。倉庫的左牆連著老屋後牆，整座建築被大樹盤根錯節的落地根滲透牆壁，像無數的蟒蛇緊緊纏繞著。

不斷茁壯的枝幹也經年累月往屋裡竄生，樹木和屋子儼然已共生融為一體。

「哇！好神奇喔。」

麥子發出讚嘆，感覺像置身在地理頻道播放的吳哥窟奇景裡。

他想觀看樹屋內的構造，卻不得其門而入。每個獨立對外的門窗，全被盤踞的樹根封閉。

約半個鐘頭過去，麥子對樹屋的旺盛好奇心總算趨於平淡，但大雨仍是下個不停。他決定自行借一件雨衣穿回家，或許明天過來，就能遇見拾荒老人。

麥子記得屋簷下原本掛著六件顏色不同的舊雨衣，但現在只剩下五件。顯然這裡有神出鬼沒的其他人，趁機拿走了。

雨衣大概也是拾荒時帶回來的，因為每件雨衣都有大小程度不一的破損。

麥子選了紅色的雨衣正準備穿上，眼角餘光瞥見有影子竄出來，像鬼魅般無聲無息，突然出現在下雨的院子裡。

「小雨？」麥子看著突然現身的黃雨衣女孩，大吃一驚！

儘管女孩的眼睛就隱藏在過長的瀏海裡，無法接觸她的視線。但感覺和記憶中的雨衣女孩十分相似，都散發來自孤獨星球的淡淡哀愁。

麥子懷疑，或許是神隱牆壁裡的女孩，真實活生生來到面前了！

「嗨！妳住這裡嗎？妳跟我記憶裡的一個人很相似！呃，其實嚴格來說，她也不算是真實的人啦！」

他難掩興奮滔滔不絕說著，關於隱藏牆壁裡的雨衣女孩。連被奶奶帶去廟裡驅邪的趣事，也都一口氣全說完。

面容蒼白的女孩沒有答話，就像穿了黃雨衣的幽靈，安靜地從麥子面前飄走，瞬間隱沒在陰暗的老屋裡。

「那麼明天我會再來，順便還借走的雨衣好嗎？」麥子像對著空氣說話。

再度往屋內探視，裡面還是沒人。他暗想，突然出現又消失的雨衣女孩，該不會真的又躲回牆壁裡面吧？

天色逐漸變暗，棋盤巷口的路燈已經亮起，但像太極的老人還沒回來。

✧　✧　✧

傑米原本面對鋼琴發表會的獨奏感到十分緊張，但前一晚經麥子巧妙的指點，倒也順利地完成了演奏。

麥子覺得住在聰明星球的人，缺點就是缺乏想像力，而且都太在意別人的評價。那都是讓自己緊張、喘不過氣的原因。

「你可以想像自己在無人荒島上彈琴，每彈奏一個音符，島上就會綻放一朵花。或是乾脆帶著鋼琴航行宇宙也行，音樂就是遨遊星河的推動力！」麥子胡亂出餿主意。

「光聽就覺得很可笑。」傑米不時翻著白眼說。

相差四歲的弟弟，雖然覺得麥子的方法很幼稚，但事後卻證明這十分管用。起碼在他享受獨奏的過程，並沒有因過度在乎別人眼光而緊張發抖。

傑米後來聽說了關於棋盤巷的事，原本想隨麥子去探險，但因為還有一堆課後評量測驗卷沒寫完，只能無奈犧牲玩樂時間。

而放空人麥子因經常放空，之前學校作業就算寫到三更半夜也還是寫不完，從此便有評量卷的刑責豁免權。

「你覺得那樹屋裡面有住人嗎？」傑米十分好奇。

「可能有吧！或許有看不到的幽靈，或什麼奇怪的生物寄居在那裡。」麥子故意用陰森的口吻說。

「聽起來有點恐怖，但還是好想去看看。」傑米可惜地表示。

麥子很想幫助可憐的傑米逃離聰明星球。但聰明星球的守門人，終日都操持剪刀待在樓下美髮院裡全年無休，傑米即使插翅也難飛！

隔天麥子重返棋盤巷老屋，卻忘記要歸還借走的紅雨衣。

「嘿，小雨你在嗎？」麥子擅自稱呼不知姓名的女孩為小雨。

麥子獨自繞行老屋四周一圈，沒有得到回應，但在掛雨衣的門廊，發現一張撕下的舊雜誌書頁，被夾在黃雨衣口袋上面。

顯然是昨天遇到的女孩，刻意留給他的訊息：

黃雨衣少女，颱風天失足墜河不幸溺斃！

麥子毛骨悚然讀著書頁裡可怕的標題。

上面還被人用紅筆標示著雜誌出刊的年份，算算已是好幾年前的新聞了，難怪書頁都早已皺褶泛黃。

麥子推敲著小雨刻意留下的新聞報導，究竟想傳達些什麼？

是暗示麥子，她就是陳屍河溝裡死不瞑目的少女亡魂？還是暗指小時候的麥子當時的確見鬼了，才會在牆壁上畫了黃雨衣女孩！

「難怪奶奶那時會大驚小怪！」

麥子回憶著當時的情形，同時也為自己陷入這不解之謎的情況感到興奮！

他後來將那張雜誌頁帶回家，並將這怪事一五一十說給來自聰明星球的弟弟傑米聽。

「原來我可以看到鬼！不覺得很神奇嗎？」

麥子望著鏡子裡自己的眼睛說著，感覺那裡藏有另一個深不可知的宇宙。

「說不定只是小時候聽過新聞播報，所以黃雨衣的形象才會儲存在腦中，有天剛好被你畫下來而已！」傑米語氣平淡地反駁。

「真是這樣嗎？」麥子迷惘地喃喃自語。

經過傑米過於理性的分析，他原本燃起的神祕事件解謎鬥志，頓時熄滅了！

這個事件因此成為麥子幼年時期，一個無解的謎。

✧ ✧ ✧

每天鍥而不捨前往老屋尋物的麥子，總算和像太極的拾荒老人碰面。當時老人推著三輪板車，才正準備要出門。

雖然早就看過老人的長相，但更近距離觀看那塊深色的胎記，還是因為這意想不到的巧合，感到驚奇不已！

麥子在說明來意之後，和善的老人便領著他，到庭院可能放置狗項圈的地方全搜尋過一遍，但全都不是太極的項圈。

「年紀大了，也想不起有沒有看過那個項圈了！」老人搔著他的光頭回想著。

「坦白說，當初因為老爺爺臉上的胎記，我差點就將你當成是太極的化身了。」

聽完麥子的異想天開，老人非但沒生氣，反而呵呵地笑起來。

「真是有趣的孩子。」他說。

晴朗的天空下，老人臉上的胎記似乎也更黑白分明。感覺像是藏寶圖裡，某個不知名的神祕島嶼地圖。

「所有的回收物，全都會永遠堆在這邊嗎？」

麥子對眼前堆積如山的雜物去向感到好奇，也擔心太極的項圈早已被轉賣！。

老人表示，廢紙或鐵材這類回收物的價格時常波動，因此只是暫時先囤積起來，等待漲價後再賣給回收商。那是他的拾荒經濟學。

「至於其他可利用的雜物，如果你有需要，歡迎隨時帶走。」老人慷慨地說。

「真的可以嗎？」

事實上，麥子早就看中廢棄物堆裡的一張舊輪椅。他想修好後，或許可以送給不良於行的監視器婆婆代步。

經過幾次愉快的閒聊，老人突然對麥子提出一項奇特的請求，希望他能時常到這裡來，陪伴只有長假才會來暫住的孫女。

「因為附近連一個朋友也沒有，而且又是獨生女，一直過得十分孤獨呢！」為此憂心忡忡的老人，也不知該如何和青春期的陰鬱孫女相處。

「在找出項圈之前，我想我還會經常到這裡來叨擾的！」麥子十分樂意地接受了。

自從上次匆匆一瞥之後，就再也沒見過雨衣女孩出現，差點就要誤認她是只在下雨天裡才會出現的雨衣幽靈。

麥子信守對老人的承諾，每天都來陪真實版的雨衣女孩聊天。

說是聊天，其實也不過只是自言自語而已。

幾天來的相處，似乎沒聽見小雨出半點聲音，甚至不知道她是否有開口說話的能力。

但這一點也難不倒麥子，就像住他房間牆壁裡的雨衣女孩，即使無法真正對話，卻完全不影響他總是接連不斷的話題。

他說著周遭有趣的事，包括學校裡品學兼優的象班長、愛運動的金剛阿嗚，以及來自貓星球的貓女王陛下。

而小雨總是垂著額前的長瀏海，靜靜聆聽著屬於麥子的幻想宇宙。

「我們班的蘇打餅雙胞胎每次吵架，她媽媽就會將兩人的頭髮綁在一塊兒，到哪裡另一人都不得已只好緊跟著。」

麥子覺得蘇打餅的母親，懲罰孩子的創意很搞

笑。而小雨也確實揚起嘴角，無聲地笑了。

「我爸也超無厘頭的！」麥子說。

「爺爺去世時我還年幼，我爸擔心我傷心害怕，就說家裡正在開白色衣服派對，所以大家都穿白衣服。還說告別式時的誦經團是在開演唱會！」

總是說不完話的麥子，接著也說了關於生化人奶奶、來自聰明星球的傑米，和擔任剪刀手守門人母親的糗事。

他和小雨無聊時玩的遊戲，就是將拾荒老人回收來的空瓶全倒在地板上，然後用力將空瓶踩得劈哩啪啦響。

偶爾也在瓶蓋寫字當象棋玩，或在地上畫方格子，玩真人版的大富翁遊戲。有時整個下午，小雨都待在樹下鋸成半截的獨木船裡，翻讀過時的舊雜誌。之前雨衣少女陳屍河溝的新聞，大概也是從那數目驚人的過期週刊裡找來的。

其實小雨本身，也是一則沉默難解的謎。

麥子猜測著，她因為捲入某個神祕事件，所以被有關單位消音無法出聲；再不然就是像美人魚一樣，為完成心願出賣聲音當成交易籌碼也說不定。

「希望被消音的小雨，不會因此化為泡沫！」他暗想。

日前向拾荒老人要來的舊輪椅，原本破損的深色布墊，被麥子就地取材更換成花俏的印花布。

此時雜物堆裡躲藏的蟑螂，試探地從洋娃娃眼洞裡冒出觸鬚，然後猖狂爬過娃娃斷肢的殘軀。

看著被蟑螂爬過的髒娃娃，麥子突然想起許多詭異傳說來。

像是被拍成恐怖電影的安娜貝爾，聽說總在夜裡自行移動，後來被專門驅魔的華倫夫婦，收藏在他們的靈異博物館裡。

「我還聽說日本有人型娃娃頭髮會不斷生長，所以每年都必須定期剪頭髮！」

這些其實都是從藍海書屋女店員，講電話時聽來的。

偷聽完電話內容的當天晚上，麥子還因此夢見家裡的沙龍椅上，坐著頭髮很黑很長的日本娃娃。

而麥子的母親就拿著刀剪，幫臉色慘白的丹鳳眼娃娃剪頭髮。

「需要我拿鏡子，讓你看看後面的頭髮長度嗎？」夢裡的母親詢問著長頭髮的娃娃。

原本面無表情的日本娃娃，突然瞇起丹鳳眼，在鏡子裡露出一抹詭笑！

被驚醒的麥子，因此瑟縮在被窩裡再也無法睡著。

「……」

小雨雖然沒有開口，但原本翻書的動作停止了，彷彿陷入沉思。

院子裡浮蕩著短暫的寂靜，但很快又被麥子的新話題填滿。

「妳有聽過墨西哥的鬼娃娃島嗎？」

麥子跳躍的思維，又橫跨到墨西哥去了。

她搖搖頭，眼睛卻盯著爬過腳邊的蟑螂，似乎想伺機將討厭的害蟲一腳踩死。

「聽說有個小女孩，在當地的運河裡淹死了。」

麥子也沒管她是否在聽，自顧自繼續說著。

「當地叫朱里安的花匠，經常夢見死掉的女孩，所以就將人們丟棄的舊娃娃從河裡撈起，掛在小島的樹上祈求她早日安息。」

「後來，陸續有居民也將不要的娃娃全帶到島上懸掛，就演變成現在的恐怖景點鬼娃娃島！」

他看著小雨，想起同樣也溺死水裡的雨衣少女報導。

「聽說朱里安最後也在小女孩淹死地方溺斃了，簡直巧合得令人毛骨悚然。」

麥子深深覺得，這是個詭異又充滿執念的故事。

而小雨翻閱舊雜誌的執著，也像花匠朱里安打造鬼娃娃島般鍥而不捨。

「說不定哪天，我們也到那座小島探險，或許能找到變成幽靈的女孩，聽她描述死後的世界！」麥子異想天開地說。

但麥子的話題從沒獲得回應。

關於鬼娃娃的話題，很快又在小雨的沉默中結束了。

五、牆洞裡的房間

黃昏前，麥子將修好的花俏輪椅，推到監視器婆婆家。

「坐這個是要去哪？」婆婆雖不時叨唸，但卻沒有拒絕麥子將她帶走。

監視器婆婆其實非常孤獨。麥子從美髮院的情報網當中得知，她家裡正在念大學的兩個孫子都懶得陪她說話，每次放假都廢寢忘食關在房間裡，不是在玩線上遊戲，就是滑手機。

「我想帶妳到復活島參觀巨石像。」麥子邁向即將黃昏的運動公園。

「是外島嗎？那裡難道不用坐飛機就會到嗎？」她從沒聽說過復活島。

善變的婆婆突然又改變心意，發牢騷要麥子趕緊推她回家。兒子跟媳婦就快下班了，必須盡快備好今天四菜一湯的晚餐才可以！

但總是一意孤行的麥子，哪裡管得了那麼多？

抵達目地時，所有沉默的老人早已就定位，開始尷尬的面面相覷時刻。

當麥子將監視器婆婆坐著的花俏輪椅，推進那個團康隊伍裡時，原本面無表情的巨石群立即有了反應！

他們不約而同全注視著新加入的婆婆，以及她造型奇特的輪椅。

「唉呦，都是這個搞怪囝仔，不知哪裡弄來這種怪模怪樣的輪椅！」婆婆不好意思地解釋著。

麥子留下她成為巨石群的一員之後，便笑著跑開了。

他想像監視器婆婆的真實身分是特務，因為長期監控許多人的生活習性，累積的豐富話題，說不定就是打開老人話匣子的那把神奇之鑰！

✧ ✧ ✧

太極失蹤的空虛感，已逐漸被小雨填滿，但這並不代表太極對他的重要性已經消失。搜索項圈的任務，仍持續在進行中。

小雨有時也會陪麥子在廢棄物殘骸中尋覓，然而一旦發現未分類的回收箱裡，出現沒看過的報章雜誌，便立即沉入文字報導的世界。

麥子曾翻閱小雨做過標記的雜誌頁，幾乎是婦人遭他殺或意外死亡這類新聞報導。

他覺得小雨肯定有必須在舊新聞裡，找尋線索的理由。但那究竟是什麼，麥子也不清楚，或許就跟她被消音的事件有關！

為此無能為力的麥子，只能用擅長的繪畫，和小雨沉默的世界接軌。

他想像綻放新聞訊息的報紙花開滿山野。被風吹拂所釋出的消息花粉，一下就瀰漫整個孤獨星球。

人們凝望吹過的微風，就能明白有什麼事情正在宇宙裡發生。

「所以報紙花必須在被雨水淋濕前，盡快傳播出消息的花粉才行。」

麥子告訴小雨，關於他畫紙上的意境。

「所謂的訊息，也是有時效性的，不是嗎？」

消息花粉在那天夜裡，捎來中度颱風即將來襲的訊息。麥子因此被母親關在美髮院樓上房間，坐立難安整整兩天。

或許是過於無趣的時光，讓麥子活潑好動的身體機能出了問題，竟突然高燒不退。

麥子希望消息花粉，也能幫忙將他生病的事，傳播到棋盤巷老屋。

「我媽媽說你生病了有病毒，千萬不能靠近你。」

房門口的男孩，拿著一袋焦糖爆米花邊說邊吃。

那個說話很沒禮貌的小孩，就是麥子的堂弟貪食巨鱷。

他突變的體腔裡大概長了三個胃，是個隨時都吃個不停的人。感覺牙齒也非常堅固，就連石頭都能毫不費力地啃掉似的。

「咳咳！我喉嚨痛得不得了，想必有非常多病菌在咬我吧！」

調皮的麥子經常故意朝貪食巨鱷站的方向大聲咳嗽，嚇得他趕緊落荒而逃。

「啊！有病毒！」他浮誇地狂叫著。

每次暑假，麥子的嗜吃狂堂弟總會到家裡住幾天。

從前，就連太極都非常憎惡這個嗜吃狂，經常作勢要咬他，因為貪食巨鱷總會趁大家不注意時，偷踹太極的屁股。

儘管奶奶總是苦口婆心希望大家能和平相處，但他們絕不是那種擁有兄友弟恭血脈的家族，爭奪吵鬧的戲碼，無時無刻都在上演！

「吵死了！電視可不可以關小聲點？我正在寫作業啦！」

向來理智的傑米，也終於忍不住大聲咆哮。

貪食巨鱷是個喜歡用胃思考的傢伙，每天都要不停開冰箱，直到將家裡的甜食及飲料全搜括一空為止。沒東西吃時甚至連調味用的砂糖，或番茄醬都不放過！除此之外，他還喜歡賴在床上吃零食邊看漫畫，而且老是改不了髒手往床單上抹，這類令人頭疼的壞習慣。

堂弟造訪期間，麥子經常會在睡覺時，摸到床單上黏膩的糖漿或奶油醬。幸好今年暑假麥子有感冒病毒當防身武器，想必貪食巨鱷也不敢再進房裡來招惹他！

「咳咳！好痛苦啊！」

後來即使已完全康復，麥子也總要假裝咳兩聲嚇唬他。

「嗚，奶奶我好像被傳染了！」貪食巨鱷哭哭啼啼。

「要不然我烤些好吃的餅乾給你，吃完病毒就會完全消失了。」奶奶誇大其詞地安撫他。

貪食巨鱷每次使出向奶奶告狀的絕招，總會獲得某些額外的好處。

只不過這一次，麥子無論怎麼盤算這都像是種懲罰；奶奶烘焙的減糖餅乾總像化石般又乾又硬，有時齒間還會卡著沒烤熟的牛麵粉！

下午，麥子趁奶奶忙著烤淡而無味的化石餅乾，又獨自溜到棋盤巷找太極的項圈。幾天不見小雨，不知道她是不是又變得更沉默了。

樹蔭下的半截獨木船上面，還留著堆疊整齊的舊雜誌，但沒看到小雨。

「小雨妳在家嗎？」

此時麥子猛然驚覺從來不曾注意過的事，那就是小雨的房間究竟在哪裡呢？回想這些日子以來，老屋每個角落都不知來過幾遍了，卻始終沒發現女孩睡在什麼地方。

「該不會，她真的住在牆壁裡？」麥子倒抽了一口氣。

他經常將真實版的小雨，和小時候的假想朋友雨衣女孩混為一談。

「鐺！鐺鐺！」

靜謐老屋的某處，間續傳來虛弱的金屬撞擊聲。

麥子循聲而去才發現，陰暗的廚房角落裡，竟藏著他所不知的隱密牆洞。

感覺像是被什麼人用力踹了一腳，原本就不夠堅固的磚牆，崩塌成不規則形狀的牆洞。

「鐺！鐺鐺！」

發出聲音的是牆洞入口處，用廢金屬零件拼湊的發條啄木鳥。外型明顯可以看到身體崩齒的齒輪，正費勁運轉。隨著發條動力逐漸鬆弛，啄木鳥用喙尖敲擊金屬片的動作便僵止不動。

「小雨妳在裡面吧？」他朝洞裡喊著。

這是通往樹屋唯一的路徑，小雨其實就住在這密室房間裡。滲入牆壁的樹根錯綜蔓延整座水泥建築，彷彿人體的血管，維繫著樹屋的生命循環與代謝。

感覺像是一座活生生的建築，麥子甚至還產生了樹屋正在深呼吸的錯覺。

「吸、呼。吸、呼。」他忍不住也深呼吸了起來。

部分的密室屋頂被生長的樹幹撞破，細碎陽光由樹葉間隙篩灑進來，偶爾隨著風的吹動，變換萬花筒般不同的光影。

「哇，這裡超誇張的！」他好奇探進牆洞裡張望。

幽晦光線裡，隱約看見垂落的榕樹鬚無力地搖晃，密室房間影影綽綽彷彿飄蕩著鬼魅。

「有點像萬聖節鬼屋，也像詭異的電影場景！」他評論著。

或許是疑心生暗鬼。當麥子走進樹屋密室，撞見小雨輪廓模糊的背影，突然感到毛骨悚然。

誰知道呢？說不定待會轉過身來的並不是小雨，而是臉孔沒有五官的幽靈！

他想著，不安地將視線移向別處，避免和幻想中的幽靈對視。

通往二樓夾層的主樓梯，不明原因已經坍塌，那裡成為無法到達的神祕空間，也是鼠輩安居樂業的場所，或許已發展成老鼠的高度文明社會。

麥子猜想那濃密的陰暗處，藏有老鼠所建造的科技摩天大樓。

「喵嗚！」瑪莉貓瘋狂追逐老鼠的殘暴畫面，突然竄入腦中，將他趕出老鼠的文明幻想世界。

室內像倉庫般開闊的格局，隨興擱置許多大型廢棄物。

視線所及，僅勉強能辨識近距離一匹褪色的旋轉木馬、破損的舊鋼琴，以及一座張開翅膀的天使雕像。應該是樹根封閉大門入口前，就已被棄置這裡很長時間了。

感覺跟墨西哥的鬼娃娃島，呈現同樣詭異的哀悼氛圍，而歲月也讓它們蒙上某種神祕奇幻的死寂色彩。

「伊莎貝拉，來自遊樂園的旋轉木馬。因為企圖讓時光倒轉，被遺棄。」

固定旋轉木馬的鋼管，貼著突兀的白色字板。

彷彿悼念的墓誌銘，那是來自小雨想法獨特的文字註解。而這些文字，也是麥子首次最貼近小雨的心思。

「阿瑪迪斯，來自夢幻世界的鋼琴。因為失聲，被遺棄。」

天使像的羽翼下，擺著單人折疊式床墊，想必這裡就是小雨平常睡覺的床。

「好酷喔，原來妳的房間藏在這麼隱密的地方啊！」

麥子一屁股坐在彈性疲乏的床墊上，望著戴耳機的小雨側臉自言自語。

角落的書桌亮起一盞檯燈，她聚精會神埋首雜誌的世界裡，並且在每個重要的頁面上，貼上花花綠綠的便利標籤。

「你正在聽音樂嗎？」

麥子突然興起搶走耳機的念頭，他想知道耳機裡是否有音樂正在播放，因為小雨就連看電視也總像在觀賞默片。不知究竟是電視壞掉無法發聲，還是被刻意轉成了靜音不得而知。

書桌前被樹根封閉的窗台上，一個復古紳士造型的腹語娃娃，迅速擄獲麥子的目光。他很快就忘掉要搶奪耳機的事！

「小亨利，來自馬戲團的腹語娃娃。因為不停搶話，被主人遺棄。」

麥子讀完之後大笑說，誰都知道腹語娃娃的語言，來自主人訓練有術的腹部：「如果小亨利搶話，也是腹語娃娃主人自己造成的，怎能因此遺棄他呢？」

小雨默著頭，露出深不可測的淺笑，彷彿是在嘲諷這個莫名其妙的世界。

如果可以的話，麥子希望她也學會腹語術，就算不開口也能隨時提出看法。他覺得小雨是個奇特又勇敢的女孩！如果換成是他，肯定不敢待在這種陰森的樹屋裡過夜。感覺睡一覺起來，樹根就已不知不覺滲透身體，將他變成樹木的一部分！

麥子繼續在這奇異的空間裡遊走，並閱讀小雨書寫的文字。腹語娃娃身邊，一張被挖空眼睛的白雪公主面具，還掛著招牌的親切微笑。

「白雪公主，來自童話世界的假面具。因為無法表現喜怒哀樂，被遺棄。」

小雨用文字發聲，為老舊廢棄物書寫心靈傷痕，那是她眼中看到的殘酷世界。透過文字，麥子彷彿也能看見無法言語的廢棄物，每個由盛而衰的心路歷程。在小雨心裡，它們都擁有非常憂傷的靈魂。

例如腹語娃娃小亨利，在遙遠年代裡，曾是英倫皇家馬戲團受歡迎的巨星。幽默詼諧、妙語如珠的表演曾讓不少民眾捧腹大笑。

馬戲團沒落之後，小亨利被主人無情遺棄，淪為跳蚤市場拍賣品，然後漂洋過海來到異鄉，又輾轉被人遺棄到這裡來。

而阿瑪迪斯鋼琴，也曾站上萬眾矚目的世界舞台。

隨著歲月增長，功能開始出現鋼琴家無法忍受的零星瑕疵，歷經幾任新舊主人的交接，最終難逃進回收場度過餘生的命運。

「都是令人傷感的故事，不是嗎？」麥子沉溺在小雨構築的悲傷情節裡。

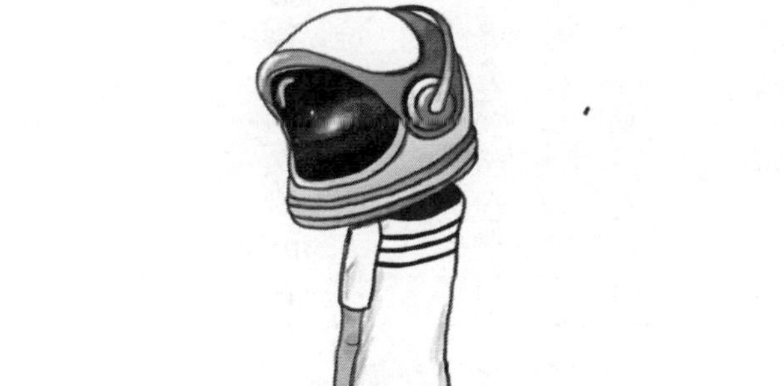

六、廢棄物的旅程

想像力的魔法，逐步將兩人帶進現實和虛構交纏的世界。

那道隱密的牆洞像是宇宙黑洞，穿梭時空的隧道，帶他們前往總是下雨的孤獨星球。

麥子進化為宇宙男孩，而小雨是能閱讀廢棄物心靈的雨衣女孩。

他們在回收物聚集的院子裡，築起孤獨的王國，並喚醒廢棄物沉睡的靈魂。

這裡有瓦楞紙箱和無法行走的時鐘，組合成的黑帽鐘塔。另一處堆滿雜物的擁擠樂園頂端，有傘骨和紙杯做成的摩天輪。

鐘塔廣場前用膠帶綑綁寶特瓶的大都會區，稱為透明之城。

除此之外，他們還用舊報紙摺出散播消息花粉的紙花，然後將廢鐵桶當成種植報紙花的消息島。

掛滿茂盛樹鬚的大榕樹底下，是陰森低窪的迷霧沼澤。行經此地時，他們必須搭乘半截的幽靈獨木船，才能躲開沼澤裡可怕的怪物！

「或許宇宙男孩需要增添雷射槍，或動力飛行裝備以防不時之需。」麥子期待地說。

但小雨並不打算在此引發爭亂，只好作罷！

麥子將想像世界的虛擬地圖仔細記錄在畫冊上，而小雨在畫頁的空白處這麼寫著：

每個人心中，都有一顆孤獨星球。

那是故事的開端。

他們將掛在牆洞口的發條啄木鳥，晉級為信號爵士。

「鐺！鐺鐺！」

每當麥子隨著金屬聲信號，潛入牆洞幻化的宇宙黑洞，那些圖畫與文字裡的意境，便彷彿在他和小雨的眼前，生生不息鋪展出實景影像來。

孤獨星球強大的地心引力，將宇宙星河裡流浪的廢棄舊物，全吸引過來。儘管這裡十分擁擠，但感覺卻非常孤獨死寂。因為沒人記得它們在失去功能之前，曾有過的美麗人生。就連它們自己，也快要忘掉了。

這也就是孤獨星球總是下著雨的原因，這是一個失去希望與笑聲的世界。

雨衣女孩失去聲音，而宇宙男孩失去了名字，同時也遺失掉他的狗。

小雨捕捉了麥子天馬行空的想像，寫了一段文字。而麥子很興奮地將這些精彩的敘述畫下來。

「喔，沒錯，我失去了太極。」

麥子苦笑著。至今項圈仍還沒有找到，這是關於太極走失唯一的線索。

或許，太極也遺失了回家路的記憶也說不定。

✧ ✧ ✧

黃昏時，麥子奉母親的命令來到運動公園，緝拿貪食巨鱷堂弟回家吃晚餐。

公園坐輪椅的老人們，依舊呈團康隊形圍坐著。

自從上次監視器婆婆加入老人團隊之後，沉默的摩艾巨石群生態，果然產生驚人的變化；她開朗有趣的個性，讓老人石像般不苟言笑緊閉的嘴，全都彎起嘴角積極參與話題。

後來就算麥子再也沒來推婆婆到運動公園，她也會不甘寂寞自行扶著助行輔具，加入老人們的公園聚會。

「我記得從前在餅乾會社工作時，想跟妳約會的小夥子，都多到排隊到馬路上了！」她誇張地說。

聽著閒聊內容的麥子暗想，監視器婆婆驚人的記憶力，果然像是受過特務訓練的老人。

「呵呵，哪有那樣啦！」紅帽子阿婆笑得花枝亂顫。

歲月的演變，讓她們即使擦肩而過也認不出彼此長相。所幸透過每日話題進展抽絲剝繭，年輕時曾共事的老友才得以相認。

矮個子老人也指著旁邊大肚腩老先生說，他年輕時的帥勁也不同凡響。

「別看他現在長這樣，肖年時工寮中午放飯，都有愛慕者偷偷在他碗底，特別多塞一顆滷蛋哩！」

「就是當時吃得太營養，所以才變這麼胖啊！」老先生得意地揚起嘴角。

他們懷念著年輕時約會的冰果室、廟口露天電影的碳烤魷魚乾。說說笑笑當中，時光彷彿重回花樣的年少時代！

那是沒人提起，就會逐漸被自己遺忘掉的黃金歲月。

✧ ✧ ✧

「鐺！鐺鐺！」

綿綿細雨的早晨，信號爵士啄木鳥又再次敲響聲音，孤獨星球裡似乎有什麼事正在發生。

麥子發現原本死寂的廢棄場，似乎正醞釀著某種契機。像是蟄伏土壤裡的若蟲，等待爬出地底羽化成蟬。

那是來自幻想世界中被激活的廢棄物靈魂。

相較於聲音語言，小雨躲在無聲的文字世界裡十分自在，源源不絕的思緒，不停躍然於麥子的畫冊上！

說話的是帶著優雅英國腔，衣著復古的木偶小亨利。

「我的職業是腹語娃娃。儘管工作內容就是在舞台上表演說話，但卻無法說出真正想說的話，甚至不能擁有自己的思想。我的喜怒哀樂全掌控在主人手裡。」

「當初只想知道，為什麼不能擁有說話的權利？卻因為搶話被判叛亂罪放逐，只能日復一日在宇宙裡流浪。」

孤獨星球上聚集的廢棄物，它們的心靈都同樣有一個深沉的黑洞。

那些傷痕累累的自白，全被雨衣女孩裝進回收場找來的玻璃瓶裡封存，然後用蓋子或軟木塞堵住，避免像消息花粉一樣四處亂竄。

另一個散發淡淡酒氣的白蘭地空瓶，裝著白雪公主微笑面具下的憂傷心情。

「事實上，我並不是白雪公主。只是一張永遠帶著微笑表情的面具而已。」

「至於後來為什麼被丟棄我也不清楚，大概是終於被發現，我並不是那位真正美麗善良的白雪公主吧！」

雨衣女孩和阿瑪迪斯牌鋼琴，因為無法發聲，只能靜靜聆聽著被遺棄的夥伴們，裝進瓶子裡的心靈自白。

「我是伊莎貝拉，一匹遊樂園裡筋疲力盡的旋轉木馬。我的人生看似不停向前奔馳，但其實也只是在相同地點裡繞圈圈而已。」

接著有越來越多被遺棄在孤獨星球的居民，也加入自白的行列。

原本像墓園般死寂，擠滿廢棄物的星球，開始從每個角落裡不斷響起呢喃細語聲。

無論是屁股後面拖著電線的老牌電鍋、失去內臟的冰箱外殼、爆胎的腳踏車，甚至沒有眼睛的失明玩具熊，都對著空瓶子在說話。

「我的小學生主人啊，經常將雜物胡亂塞進書包裡又不愛整理，最後終於將我的肚子塞爆了！」破洞的書包也嘀咕著。

「天啊，我好像也是這麼對待我的書包！」宇宙男孩驚慌地插嘴。

「其實也不盡然全是因為故障或毀損才會被人類丟棄啊！」嶄新的泳裝芭比說，她的四肢健全而且毫髮無傷，但也還是被扔進回收箱裡了。

「比較起洋娃娃，那位收到禮物的女孩，好像更喜歡遙控汽車呢！」她難過地訴說著自己被遺棄的原因。

「並不是所有女孩兒，都喜歡玩洋娃娃的啊！」

裝著負面情緒自白的玻璃瓶子，很快就堆得像銀河裡的星星那麼多。就連宇宙男孩自己，也擁有一個回收的果醬瓶。在他迷航的人生裡，也有許多必須抱怨的事要發洩。

孤獨星球到處都掛著深沉陰鬱的玻璃瓶。

因為承載不住那麼多沉重心事，這顆星球好幾次都差點解體！

所幸不停生長的巨樹，即時伸出強勁的落地根，緊緊抓牢每一寸土地，才避免孤寂星球走向離析分崩的命運。

✧ ✧ ✧

當消息花粉傳來，抹香鯨死亡的訊息時，大家都沉默了。

事實上，世界也約有三成的海龜死於海洋垃圾。

誰也沒料到，人類因貪圖便利亂扔的垃圾，匯流海洋後被當成食物，造成生物消化系統阻塞而死亡！

「如果當初沒來到這裡，而是選擇自我放逐繼續流浪，說不定我們會不敵環境而解體，然後也變成殺死海洋生物的劊子手！」伊莎貝拉木馬說。

「嗯，畢竟我們無法被任何生物消化掉。」小亨利點點頭回應著。

「萬一消息花粉哪天傳來，抹香鯨因誤吞白雪公主的笑臉而噎死，那該是多麼令人毛骨悚然的事啊！」塑膠製的白雪公主面具接著說。

「如此一來，究竟算是誰謀殺了誰呢？」小亨利思索著這兩敗俱傷的局面。

宇宙男孩這才了解，拾荒老人那雙滄桑的手，對整個乾淨宇宙所做的貢獻。

他們在天使墓園裡，為不幸罹難的抹香鯨，舉辦一個小小的哀悼儀式。這裡陰鬱的細雨雖然仍沒有停止過，但友誼的關懷讓大家的心從此變得更堅強。

「你們都聽說過漂流的垃圾島嗎？」當宇宙男孩突然提起曾出現夢境中的垃圾島時，大家全都噤聲不語。

「呃，那是傳說中廢棄物的煉獄！」沉默許久之後，見多識廣的小亨利終於出聲。

據說一旦被放逐到海裡，就只能在永恆時空中漂流，直到解體形成垃圾島的一部分，最終還必須背負破壞生態的罪名！

「所以，那是大家連想都不願意想起的地方。」小亨利說。

麥子想像海洋上不斷匯聚的塑膠袋，就像成千上萬糾結煉獄裡飄忽的幽靈，在海上載浮載沉，冷不防將周遭流過的廢棄物全綑綁進來，成為垃圾島一份子！

「嘿嘿，加入我們！快來加入我們吧！」

耳邊彷彿響起，來自汪洋死不瞑目的廢棄物幽靈，陰森詭異的招喚，和令人耳鳴的尖銳笑聲。

那時大家都還不知道，漂流中的恐怖垃圾島，已逐漸朝孤獨星球接近當中！

「嘿，妳看到了嗎？」麥子驚奇地說著。

雨衣少女在哀悼儀式結束後，也同樣發現濕濕的墓園泥濘地裡，新出現幾枚凹陷狗腳印。宇宙男孩認為那是太極變成隱形的狗，回來找他了！

「這也就是為什麼太極不再需要項圈的原因，就像隱形人並不需要穿衣服，是同樣的道理！」他說。

即使無法親眼所見已經被隱形的狗，但因為知道太極就在身邊，宇宙男孩原本失落的心靈碎片，彷彿重新被填滿！

「太極，我真的非常想念你呢！」男孩吶喊著。

他可以想像，太極像從前一樣正興奮狂搖尾巴，親暱舔著他的腳趾。洋溢在男孩內心裡的幸福能量，是燦爛火花也像是電流，正傳導向不知的某處。

「你們看！」墓園裡的天使雕像指著火光的流向。

隱藏在濃密陰暗裡的瓶子接收了那股神奇能量，亮起一枚光點。他們認出那個發光的果醬瓶，不久前還裝著宇宙男孩的心事自白。

「哇！好美啊！」大家望著彷彿星星般熠熠生輝的瓶子，全都看得入迷了。

這道光亮，是被憂傷陰霾所籠罩的孤獨星球，前所未見的奇蹟！

七、消息花粉的預告

無論孤獨星球有多麼精彩的事情正在發生，宇宙男孩都必須趕在天黑前，退化成一粒麥子返回地球。

那是跟美髮院剪刀手守門人的約定，否則他將面臨整星期被關在禁閉室裡，被罰寫「永遠寫不完評量測驗卷」的刑罰。麥子已有多次違規的前科紀錄。

夕陽餘暉拉長了麥子騎單車的影子。

迎著風，他彷彿能聽見太極隱形後奔跑的輕快腳步，在後方不遠處噠噠響起，一路快樂尾隨著回家。麥子在返家的路程，獨自笑得很開心。

晚餐後，生化人奶奶難得沒上群組聊天室和電子朋友聊天。

傑米趁她洗碗時偷偷告訴麥子，奶奶因看不慣老是炫富的電子人，所以一言不合吵架了。

麥子覺得有時候長青組吵架的理由，並不一定比兒童組成熟。像奶奶明明老是在家裡掛俗氣的風水畫和水晶洞求財，卻不准別人炫富！

當然，更別提成人組的吵架理由有多高明了。前幾天父親才因為開了年齡的玩笑，被母親處以冷戰的極刑，至今還尚未解禁。

吃完飯後水果，傑米打開電視機。

新聞仍在播報，關於擱淺出海口死亡的抹香鯨，經解剖後發現胃部堆積大量的塑膠袋，和糾結著魚網的可怕消息。

「可憐的鯨魚，吃進肚子裡的不是食物，居然是垃圾。」傑米心疼地說。

「嗯，我和朋友才剛為抹香鯨舉辦哀悼儀式，約定儘量減少使用塑膠袋！」

事實上除了他和小雨，真實世界裡，不管是小亨利或是伊莎貝拉，並不會有使用塑膠袋的機會。

「其實就連紙袋，也有砍伐樹木以及水汙染的問題……」

麥子又開始機關槍掃射似的滔滔不絕言論，傑米只好起身去廚房喝水，逃避這場言語的疲勞轟炸。

即使才剛用過豐盛的晚餐，趴在沙發上看漫畫的貪食巨鱷，仍將大把零食塞進嘴巴津津有味吃起來。偶爾抓抓發癢的臀部，感覺像是被隱形的太極，偷偷咬了一口屁股！

麥子在想，要是研究人員也對貪食巨鱷進行解剖，大概也能從他不忌口的三個胃袋裡，挖出幾噸的垃圾來吧！

「可憐的堂哥，吃進肚子裡的不是食物，居然是垃圾。」

傑米返回客廳，將剛剛惋惜抹香鯨的話，套用在貪食巨鱷身上重複說了一遍，倒也十分貼切！

「聽說卡爾哈甘島擁有非常純淨的海，居民用餐時間只要端一碗白飯到海邊，就能隨時找到新鮮海膽，現場做海膽蓋飯來吃。」聰明傑米嚮往地說。

麥子總算能體會父親夢想擁有一艘遊艇的心情，地球上確實存在許多新奇有趣的島嶼，等著他們去探索。

「在哪裡？我也想搬去那邊每天都來大吃一頓！」貪食巨鱷眼睛為之一亮。

「唉，你已吃得夠多了，最好別再去那兒破壞自然生態比較好！」麥子說。

他擔心卡爾哈甘島海域的海膽，有朝一日會因為嗜吃狂堂弟而絕跡！

深夜，消息花粉傳來關於那位「禁忌名字」正在咆哮的消息。

但麥子睡得很沉，並不知道出現在孤獨星球上，那枚微弱的希望光點，即將引發另一場風暴！

✧ ✧ ✧

象班長打電話來時，麥子正和貪食巨鱷為搶電視遙控器而搏鬥。

「你要接電話，還是要繼續打架？」父親並沒有勸架的打算。

麥子不得已只能選擇接電話。這麼一來電視收看權，就等於拱手讓給了貪食巨鱷！

「最近好嗎？」象班長向他問好。

「嗯，如果沒人跟我搶電視遙控器，應該還算不錯吧！」

麥子瞪視正入迷觀看卡通片的堂弟。完全狀況外的貪食巨鱷，腦神經大概就跟神木一樣粗，對於別人的憤恨根本無動於衷。

「呵呵。」象班長笑了兩聲。

麥子可以想像在電話那一頭，象班長昂起鼻子微笑時的憨厚模樣。

個性穩重的班長，雖然和麥子截然不同，但麥子很喜歡象班長的長相，總是給人一種很「吉利」的感覺。簡直屬於吉祥神獸那種類型，彷彿只要有他在，凡事都能遇難呈祥。

唯一的缺點就是，他實在是過於有禮貌了！在他面前，麥子總是不得不收斂起自己的無理和衝動，變成溫馴的綿羊。

象班長接著又禮貌性地問了關於太極的事，然後才真正進入主題。

「有同學提議在暑假結束前，舉辦一次烤肉聚會。」象班長說，「怎麼樣，你會來參加吧？」

「烤肉嗎？那我可以帶朋友去嗎？」麥子問。

貪食巨鱷聽見麥子提到關於食物的關鍵字，眼睛為之一亮！

因為希望麥子也能帶他參加烤肉活動，所以在麥子講完電話後，便主動讓

出遙控器。

「可不可以帶我去呢？」貪食巨鱷哀求著。

為了擁有電視遙控器的操控權，麥子始終不願表明態度。其實他想帶去的朋友，也只有小雨而已。

那天之後，麥子身邊彷彿多了活動監視器，隨時被緊跟身後盯哨，簡直是橡皮糖黏人精！

為甩開堂弟，麥子到棋盤巷前總會先刻意隨處逛逛，趁他不注意便溜之大吉！而藍海書屋總是麥子的首選。

那位戴藍色瞳孔放大片的女店員，日前似乎才經歷一場死裡逃生的冒險。

「明明過不久就快要漲潮，但那漁民似乎為了多賺一趟費用，硬說還有時間要載我們到潮間帶挖蛤蠣。」

聽到這裡，麥子覺得挖蛤蠣似乎是非常有趣的事。他盤算有朝一日等隱形的太極恢復實體，一定也要帶牠到海灘潮間帶挖蛤。

「結果剛到潮間帶不久，就已經開始漲潮了！我們就這樣被不斷湧來的海水，一路驚險追逐上岸。簡直是搏命演出！」藍瞳孔女店員和手機裡的人敘述著。

「說難聽點，如果那人突然跑去廁所拉肚子，慢兩分鐘開車過來，我們大概全都滅頂了！」她又說。

海邊驚魂記的故事，在無人傷亡的情況下告一段落。麥子繼續漫無目地在書櫃間遊蕩，尋找脫身的機會。

整天像蒼蠅一樣趕不走的堂弟，顯然已忘記跟監麥子的任務，他的注意力全灌注在文具區裡的變形機器人削鉛筆機。

在一大面書櫃的掩護下，麥子彎著身子，腳步也盡可能像貓一般輕巧。然而就在成功開溜的千鈞一髮之際，正好撞見迎面而來的蘇打餅姊妹！

他差點忘記，鄰近學校的藍海書屋，向來是巧遇同學命中機率最高的場所。

「為什麼鬼鬼祟祟啊？麥子！」

她們平常也總是穿著相同的服裝，梳著一模一樣的髮型。

今天因為沒有穿繡學號的制服來，麥子根本分不清誰是蘇打餅十一號，誰又是蘇打餅十二號。

「噓！」麥子的身體低得不能再低，幾乎就快要趴在地上，和地板融為一體了！

「你要參加烤肉活動嗎？」其中一塊蘇打餅追問他。

「隨便都好。」心不在焉的麥子胡亂回答著。

他擔心驚動貪食巨鱷，只想盡快脫離兩姊妹的糾纏，火速逃離現場。

果然，關於食物的關鍵字出現，不管距離多遙遠，都會立即引起貪食巨鱷的注意。

堂弟壯碩的身子，就像酒駕失速的大卡車，朝麥子的方向橫衝直撞過來：「那麼，你們現在正要去烤肉了嗎？」

「哦，你也想去嗎？可惜我們還沒討論出時間和地點。」蘇打餅隨和地說。

「我想去！我當然想去！」怕別人沒聽見，又慎重地多說了幾遍。

他眼睛閃閃發亮，裝出人畜無害的純真模樣，跟平日跋扈的囂張行為簡直判若兩人。

「這小孩超可愛的，他是你弟弟嗎？」另一塊蘇打餅，捏著堂弟的胖臉頰。

麥子覺得這對蘇打餅姊妹根本是愛心氾濫。只要跟那個嗜吃狂相處半小時，保證她們絕對說不出「可愛」這類離譜的話來！

「哪裡有小孩？這裡除了妳們，我什麼都沒看到啊！」

表情浮誇的麥子四處張望，假裝身旁的堂弟不是人類，而是他努力睜大眼睛也看不見的幽靈！

「嘖，演技超爛的，麥子！」默契十足的蘇打餅姊妹，同時瞪著他。

✧ ✧ ✧

就像消息花粉所預告的，孤獨星球的戰爭似乎無可避免的，一觸即發。

即使只有零星的微弱光點，仍然引起那位擁有「禁忌名字」稱號的震怒。

「你們不該擁有幸福，更不應該充滿希望！」

他的咆哮聲化為雷鳴，在空中轟隆隆地響著，似乎即將降下暴風雨，澆熄瓶子裡那丁點大的希望之心，並威脅要把大家全都送往垃圾島那可怕的煉獄裡去。

雨衣女孩只好將瓶子，小心藏進她防水的雨衣裡。

那是大家僅存的希望。

小雨寫在畫冊裡的故事進行到這裡，麥子猛然想起借走的紅色雨衣還留在家裡，一直忘記要歸還。

「麥子！麥子！」

尾隨麥子而來的嗜吃狂堂弟的聲音，突然在堆積廢棄物的院子裡響起。是麥子的腳踏車，不小心洩漏行蹤！

「快出來，我知道你在這裡！」他大喊著。

所幸他們躲在小雨的樹屋密室裡，暫時不會被煩人的堂弟找到。

就像初來乍到時的麥子一樣。

貪食巨鱷同樣也在每道門窗前鬼祟地窺探，很快就發現大樹和房屋融為一體的可疑的樹屋，但卻不得其門而入。只好將注意力，轉移到庭院裡令人眼花撩亂的廢棄雜物堆上面。

兩人就躲在密室窗戶裡面，從樹根夾縫之中窺看貪食巨鱷虐殺人質。

他殘暴地扭斷塑膠蜘蛛人的頭丟棄，晃到鐘塔前廣場泳裝芭比和失明玩具熊喝茶的地方，踢翻了她們的午茶點心桌。

「哼，玩什麼家家酒！」貪食巨鱷嚷嚷道。

麥子不禁倒抽了一口氣，又陷入幻想情境裡，進化成宇宙男孩。

「原來貪食巨鱷是那位『禁忌名字』派來刺探軍情的爪牙！」

雨衣少女聆聽著男孩刻意壓低的音量，露出恍然大悟的表情。

他在動物百科裡看過，鱷魚是曾經與恐龍同時存在的動物，卻能存活至今，可見是適應力不容小覷的頑強生物！

「住在迷霧沼澤的巨鱷，擁有非常堅硬的牙齒，據說連鋼鐵都能毫不費力啃掉呢！」

宇宙男孩說著，彷彿看見貪食巨鱷，抓起行進中的列車放進嘴裡大嚼，還不斷從嘴邊掉落殘餘的碎片，和螺絲釘這類恐怖畫面。

「啊！」泳裝芭比用盡全身力氣，突然尖叫起來！

冷血的貪食巨鱷扯住芭比的頭髮，呈拋物線拋向不斷搖晃的黑帽鐘塔。所幸芭比緊緊攀附著塔尖，才避免粉身碎骨的命運！

他還將失明玩具熊當足球踢出爬滿雞屎藤的牆外，但仍不滿足，繼續東張西望在擁擠樂園遊蕩，尋找下個受害者。

「快逃啊！快逃啊！」

擁擠樂園的摩天輪應聲倒下，都會區整座大廈建築朝地面瓦解，廣場裡所有的居民亂成一團。

整個孤獨星球，籠罩著有如末日來臨的恐慌氛圍。即使派出隱形的太極，也絲毫無法撼動貪食巨鱷，摧毀孤獨星球的決心！

「我們恐怕也難逃被毀滅的命運了！」密室裡的腹語小亨利消極地說。

伊莎貝拉木馬在決定慷慨赴義之前，她那並不怎麼愉快的人生就像跑馬燈，已在腦海中迅速轉過一遍。

「必須趕快想辦法阻止這種惡劣行徑才行！」

雨衣少女思考的腦波，傳進宇宙男孩腦海裡。

宇宙男孩猛然想起，貪食巨鱷畏懼感冒病毒這個弱點心生一計，刻意將咳嗽聲錄進錄音機裡擴音播放，希望能應付眼前的緊急狀況。

「咳！咳咳！……咳！」

空中迴盪著宇宙男孩剛才錄下的，聲嘶力竭的響咳聲，彷彿連肺葉都快咳出來似的。

「哼！臭麥子，我知道一定是你！」

貪食巨鱷在空無一人，只聽見咳嗽聲的庭院裡繼續叫囂著。

「咳！咳咳！……咳！」男孩又重複播放了幾遍。

「不想出來也沒關係，我現在就回家跟奶奶告狀！」

不甘心任務失敗的貪食巨鱷，踏平透明之城的城牆，並採扁幾棟寶特瓶和鋁罐堆疊的大廈。

「咳！咳咳！……咳！」

他們只好再度發動病毒式噪音干擾武器，才總算將貪食巨鱷趕回棲息沼澤地！

「太好了！」獲救的居民紛紛鼓掌向男孩致意。

麥子彷彿真的聽見四周響起絡繹不絕的掌聲來。他拿出畫冊，將這劫後重獲自由的和平時刻，用畫筆記錄下來。

這時大家都不知道，關於貪食巨鱷的進擊，不過只是孤獨星球毀滅計畫裡，輕量級的首部曲而已。

消息花粉不久後又傳來，那位「禁忌名字」，正在醞釀下回合更具威力的征戰！

八、黑暗中的希望光點

傍晚，宇宙男孩退化為平凡的麥子，返回美髮院樓上。

「我知道在回收場發出咳嗽聲的人是你！」

嗜吃狂堂弟用荒野大鏢客的豪邁站姿，雙手分別拿著炸雞腿擋在樓梯口，用他油膩膩的嘴巴說著。

「啊！你什麼時候去那裡了？」麥子裝出驚駭的表情嚇唬堂弟，「難道你不知道棋盤巷的回收場，住著不停咳嗽的幽靈嗎？」

「你騙人，那明明是你的咳嗽聲。」他半信半疑地說。

「是真的，不信你可以去問傑米。聽說只要睡在樹屋裡，隔天早上就會變成樹的一部分。」

麥子滔滔不絕地說，就是有人不信邪，偏偏要跑到樹屋裡睡覺，結果持續生長的樹根穿破他的肺，那人後來就變成不停咳嗽的幽靈了！

「啊？」堂弟倒抽了一口氣。

「對了，你應該沒有去碰那棵榕樹吧？」

麥子繼續恫嚇說，那魔法樹根會不斷深入地底下，不管再遠都能找出曾觸摸過它的人算帳！

嗜吃狂堂弟剛送到嘴邊的雞腿，因為過度驚嚇掉落地板上。

「怎麼辦？我摸過樹了！」他滿臉驚恐望著麥子，向他求救。

「最好不要再去棋盤巷老屋比較好，太極也因為去了那裡之後才失蹤的！」

麥子煞有其事的謊言，別說是不懂事的堂弟信以為真，就連麥子自己，也差點就要相信這個隨口編造的謊話了！

或許失蹤的太極，真的變成樹的一部分了也說不定！他暗想。

「嗚，麥子騙人！」堂弟哭著逃進奶奶房間裡，再也不肯出來。

整夜噩夢連連的嗜吃狂堂弟，因為夢見對著他咳嗽的幽靈，與企圖穿破他內臟的樹根，而不停對同床共眠的奶奶拳打腳踢。

「我不要繼續住在這裡了，我要回家！」

深夜裡，全家人都聽到堂弟噩夢初醒後，吵鬧的啼哭聲。

「唉！你又惡作劇了！」

麥子彷彿聽見神隱牆壁裡的雨衣女孩，對他這麼說。

✧ ✧ ✧

象班長終於打電話來，通知烤肉活動的日期。

麥子當時正在洗澡，所以是嗜吃狂堂弟幫忙接電話。如此一來，麥子想隱瞞他單獨赴約的計畫，已完全行不通了！

「那麼請轉告麥子，兩星期後黑森林牧場見喔！」象班長熱情地說。

黑森林牧場在幾年前還是一座亂葬崗，後來因為都市綠地再生計畫，原本埋在這裡的先人遺骸，全被遷移到新建的納骨塔。亂葬崗因此轉型成為觀光牧場。

麥子記得，小時候還曾和班上的金剛阿嗚，以及幾個鄰居朋友，在墳墓區挖出棺木後的坑洞裡玩躲貓貓。現在回想起當時的年幼無知，才驚覺毛骨悚然。

「你不知道那是什麼地方吧？」麥子刻意壓低聲音，製造恐怖氛圍。

「黑森林牧場嗎？那不是養乳牛的地方嗎？」他一派輕鬆地回答。

「不是牧場？其實是墓場，墳墓的墓。」麥子發誓這次所說的絕無虛假。

「隨便啦！反正大白天的，就算是墓園應該也不會太恐怖吧！」

貪食巨鱷為了吃到夢寐以求的烤肉，好像什麼都豁出去了！

「難道你不害怕嗎？那裡說不定會有幽靈聞到香味，飄到你身邊問烤肉好不好吃？」麥子恫嚇他。

「所以呢？」

他無所畏懼的模樣，終於惹惱了麥子。

「所以不管怎麼樣你最好死心，我是絕對不會帶你去的！」麥子扮鬼臉說：「大不了，我自己也不參加這個活動就是了！」

「啊，麥子你這個討厭鬼！」

失望的堂弟大聲尖叫起來，整個社區都能聽到這無比高亢的海豚音。

麥子在想，如果他再繼續高分貝尖叫下去，恐怕里長就要登門造訪到家裡來關切了！

耳膜即將被震破的麥子，警覺自己最好在母親操手刀上樓活逮他之前，趕緊離開案發現場比較安全！

這天下午，奶奶為了哄孫子開心，特別在自家陽台舉辦一個安撫性質的烤肉派對。所有簡陋陽春的烤肉食材，全是臨時從廚房東拼西湊搜出來的。

烤肉架上只有寥寥幾根冷凍香腸，以及早餐吃剩的土司和火腿片。魚丸串上泡到軟爛的丸子，還是來自中餐剩下的菜頭湯配料。

後來就連比紙還薄的火鍋肉片，都不得已被拿出來燒烤，但仍然無法填滿貪食巨鱷三個空虛的胃袋！

傑米去上鋼琴課了，原本冷清的派對裡，只有麥子和堂弟兩人。碰巧來美髮院洗頭的瑪莉貓，後來竟也受邀參加。

「你們不知道烤肉是在製造空氣汙染嗎？」

她說起話來還是一樣欠揍。

剪成短髮的貓女王，又多了種冷酷理智的氣質。好像一個不太友善的眼神，就會收到她寄來準備提告的存證信函似的。

「那妳為什麼還要來？」麥子將烤好的火腿片捲起來，放進自己嘴裡。

「盛情難卻啊，你媽都這麼熱情邀約了。」她邊說邊烤發硬的土司。

「所以妳應該不會想去黑森林牧場烤肉吧？因為會製造空氣汙染！」

麥子不希望在開心的烤肉活動當天，還要跟一隻愛挑剔的貓星人吵架鬥嘴。

「嗯，當天我要代表補習班，參加全省英語朗讀比賽。」

她說話時矯情的字正腔圓，讓麥子不禁翻了幾次白眼。

原本一直忙著將食物塞進嘴裡，而無法開口的嗜吃狂堂弟，聽到黑森林牧場的話題終於說話了！

「麥子是一個很壞的哥哥，他不打算帶我去參加烤肉活動！」

「嗯，我明白你的感受！」

瑪莉貓說，這些年來，她也受夠了麥子的無厘頭和我行我素。

「希望上了國中，我們不會再讀同班了！」

「彼此！彼此！」麥子狡黠地說。

無聊的烤肉派對不到一個鐘頭就結束了。

瑪莉貓除了一片烤吐司之外，不但什麼也沒吃到，還因此沾了全身的炭烤味回家！

✧ ✧ ✧

令人揮汗如雨的盛夏午後，踩三輪車剛從棋盤巷裡出來的拾荒老人，突然被金剛阿嗚的母親叫住。

麥子路經糖果工廠時看兩人的神情，似乎正在談論什麼嚴肅的話題。

棋盤巷鄰近地區，因電力工程維修而大停電，糖果工廠的運作全部停擺。還沒到下班時間，工廠裡總是發出噪音的包裝機器已靜悄悄。

拾荒老人看到滿頭大汗的麥子，露出不捨的和善笑容來。

「喔，孩子你來啦！快進屋裡去喝點水。」

住在工廠後方大別墅裡的金剛阿嗚，一向不喜歡和女生打成一片，因此即使和小雨是鄰居，也從沒看過他前來造訪。整個暑假據說不是泡在游泳池裡，就是在籃球場上揮灑青春的汗水。

棋盤巷裡採光不良的老屋，因為停電感覺似乎更昏暗了。

白天裡光線的差別還不大，入夜後小雨睡覺的樹屋密室，肯定比平常更陰森恐怖，說不定真有不停咳嗽的幽靈，會從哪個角落夾縫裡飄出來。

劫後餘生的災後重建工程並不順利。
擁有「禁忌名字」稱號的那位，運用黑暗力量吞噬整顆孤獨星球。
我們睜大眼睛，卻無法清楚看見彼此。
沒有什麼比失去希望，還令人感到絕望。

來自雨衣女孩的思想訊息，就像消息花粉一樣，傳入進化成宇宙男孩的麥子耳朵裡。

「但是，我們不是還擁有希望之心嗎？」他內心充滿積極力量。

站在鐘塔廣場上的雨衣女孩，小心翼翼拿出收藏懷裡發光的瓶子。

誰也沒料到，那點微弱的光點，竟奇蹟似將天空中重重包圍的烏雲射穿一個洞！

陽光趁機從雲層破洞裡竄進來。

「這是怎麼回事啊？」大家驚呼連連，全看傻了眼。

「你們看，那是陽光吧！」宇宙男孩遙指黑暗裡耀眼明亮的光束說著。

那塊有光線投射的泥地，甚至還因此冒出嫩綠的小草來！

雨衣女孩終於找到對抗黑暗力量的方法，那就是讓內心充滿希望！

「如果一直沉溺在悲傷之中，就無法看見擁有的幸福和希望。」

那是雨衣女孩發現的心靈處方。

大家也都覺得需要更多的光亮，才能驅散孤獨星球揮不去的潮濕陰暗。

於是群聚鐘塔前廣場圍坐並自我療癒，等待光明奇蹟再度降臨。

「我們的臉貼合在一起，至今我還能記得那位小女孩臉孔的溫度。」白雪公主面具回憶著膽怯害羞的小女孩，躲在面具之後，真心微笑的表情。

「或許她已經變得更堅強，不再需要我。但現在我還擁有你們不是嗎？」白雪公主面具露出不朽的招牌笑容說。

「那的確是段溫馨的歲月啊！」小亨利說著，也不禁回想起馬戲團時期的華麗生涯，還有他和舞台搭檔，曾經密不可分的友誼。

「當年從我肚子裡煮出來的熱騰騰白飯，總是能溫飽一家大小的胃啊！」屁股拖長著電線的老牌電鍋也說。

「只可惜後來因為我年老記憶衰退，人們每當用餐時間，才發現鍋子裡都還是生水淹著沒煮熟的白米。」

老牌電鍋自我調侃，大家全都笑彎了腰。

他們分享彼此美好的點滴，也都為曾經無私的付出，感到無比驕傲。

原本裝滿陰鬱心事的瓶子，接收了許多幸福能量，彷彿萬家燈火般一一被點亮。

孤獨星球從此籠罩著希望的光圈，成為宇宙中最閃耀的一顆新星。

（THE END）

小雨為這個故事，寫下完美結局的句點。

九、漂流的垃圾島

棋盤巷一帶的電力總算恢復了！

糖果工廠的包裝機器又開始運作，工業噪音不斷傳入原本靜默的棋盤巷裡。打開樹屋裡的燈和電扇，密室裡明亮許多。麥子想像中被樹根穿肺而不停咳嗽的幽靈，又悄悄回到原本漆黑的角落裡躲藏。

小雨在畫冊尾頁裡寫上的「THE END」字樣，後來被麥子偷偷擦掉了。孤獨星球的故事只是告一段落根本還沒結束，宇宙男孩甚至還沒找到雨衣女孩消失的聲音。還有那位可惡的「禁忌名字」到底是誰，他一定要想辦法揪出來！在返家之前，麥子又繞到藍海書屋購買畫筆。他想或許還需要多買一本畫冊，才能完成這個故事結局。

書屋裡的藍瞳孔女店員如同往常，正對著手機在講電話。

「聽說那是一種罕見的免疫系統疾病。」

話題的前半場麥子還來不及參與，因此並不知道得到這個罕見疾病的人，究竟是女店員的哪位親朋好友！

「好像口腔裡會反覆潰瘍長口瘡，然後一直延伸到喉嚨去。」女店員皺著眉頭繼續說，「不管是說話或吃東西，想必都疼痛得不得了吧？」

麥子暗想，幸好女店員的口腔十分健康，否則以後到藍海書屋時，就少掉這種竊聽的樂趣了。

返家路上，他回想女店員的談話內容才猛然驚覺，沉默的小雨說不定就是因為得了講話會嘴痛的疾病，所以才不願開口說話！

他後來上網查了關於口瘡的照片，覺得那些疼痛傷口，看來簡直像是星球表面，被隕石撞擊的坑洞般怵目驚心。

「那一定很痛。」麥子感覺口腔也疼痛了起來。

他想著改天再到棋盤巷找小雨求證，並不知道寫在畫冊尾頁裡的「THE END」，同時也預言了他們之間即將分離的命運！

✧ ✧ ✧

消息花粉還來不及傳播強烈風暴即將侵襲的警語，就被一陣驟雨打散了。那是來自「禁忌名字」的陰謀詭計！

孤獨星球毫無防備地暴露在狂風暴雨之中，就像失舵的船隻在巨浪中獨自飄零。

麥子的新畫冊首頁是狂躁的暴風圖。

黑夜來臨風雨逐漸增強，凌厲的風速持續呼嘯著，將門窗吹的轟隆作響。他非常擔心棋盤巷那弱不禁風的老屋，和住在裡面的人。希望小雨和老人都能安然渡過這場風暴。

幾分鐘前才傳出監視器奶奶家騎樓的遮陽板，被猛烈狂風吹走的災情。現在，就連整個朝陽社區的電力設備都受影響！

沒有電又停水簡直是世界末日！

大熱天卻無法吹冷氣或打開電扇，又沒水可洗澡消暑，更別提有電視節目可以打發時間了。晚上在漆黑的屋裡十分不方便，感覺就像是睜著眼睛的瞎子！

我們睜大眼睛，卻無法清楚看見彼此。
沒有什麼比失去希望，還令人感到絕望。

他想起小雨寫在畫冊裡的兩段話，大概就是形容目前這種狀況吧！

「嗚，好暗喔！」嗜吃狂堂弟，胡亂鬼叫著。

調皮的麥子忍不住想嚇唬老愛大驚小怪的堂弟，因此裝作咳嗽幽靈，乾咳了兩聲。

「咳！咳！」

膽小的堂弟果然嚇哭了，嘴裡的糖果從嘴邊掉出來，不知滾到客廳哪個角落裡，餵蟑螂或螞蟻去了。

「怎麼回事？今年的颱風好像特別多！」

奶奶拍拍啼哭的堂弟，然後將手機轉換成照明模式，搜尋著從貪食巨鱷嘴裡逃走的草莓糖。

「完蛋了，電力不知道何時會恢復，冰箱裡的東西大概會全部壞掉！」麥子的媽媽焦慮地說著。

她在颱風來臨前，才特地到超市提了大包小包的儲糧回家，這下簡直欲哭無淚了。

「喔，我剛買的新鮮鯖魚、豬肉水餃，還有生雞肉！」

她一副遭受重大打擊的模樣，彷彿浪費掉冰箱裡的食物，就會立即墜入民間傳說的吃餿水地獄似的。

屋外怪聲頻傳，又傳來哐噹哐噹玻璃碎裂的聲音！

麥子在微弱的照明之下，看見受驚嚇的可憐堂弟，在奶奶身邊縮成一團。原本肥胖的身體，幾乎就快縮到不見人影了。

「反正停電什麼事也做不了，我看你們這幾個小鬼還是早點上床睡覺好了。」麥子母親說。

或許是對堂弟突然產生了惻隱之心。換作是以前，麥子絕不可能順從母親大人的旨意乖乖上床，總要趁這難得的颱風夜，央求父親講恐怖的鬼故事給他聽。

暴風雨像是狂躁的交響樂，未間斷地持續一整夜。

即使躺在床上，也沒人能夠安心睡著。麥子於是在房間裡神遊宇宙星海。

這場劇烈暴風圈所形成的超強漩渦，是深不可測的毀滅性黑洞，將宇宙間所有的廢棄物，全都吸進那個傳說的垃圾島地獄！

幽微中，他彷彿看到孤獨星球再度陷入黑暗裡，被點亮的希望光圈已不復存在，整個星球正在逐漸瓦解當中！

想著想著，麥子的眼皮逐漸沉重起來。半夢半醒之間，彷彿聽見雨衣女孩在幽暗嘈雜的暴雨中，無助呼救的聲音！

然而這時，宇宙男孩早已開啟睡眠模式，進入恍惚的夢境裡。

✧
✧
✧

清晨，結構紮實的巨大颱風眼掠過，狂風短暫稍歇之後，又立即帶來大量暴雨。

這是暑假結束前的最後一個週末，原本是開心前往黑森林牧場烤肉的日子，卻因為強烈颱風這個不速之客取消了！

「為什麼不乾脆改成在室內烤肉呢？」嗜吃狂堂弟仍不死心地建議。

整個世界都亂成一團，麥子不明白堂弟為什麼還只想到吃這件事？

麥子默默無語，吃著解凍後皮肉分離的糊爛水餃配乾煎鯖魚，爐子上還有一鍋熱騰騰的香菇雞湯等大家消化掉。

為了不浪費食材，麥子媽媽一大早就清空停電的冰箱，煮滿整桌的山珍海味強迫大家全吃完。

「好驚人的颱風，隔壁家的水塔居然整個被吹走，變成了一堆爛鐵！」奶奶訝異地說。

「要不是我昨晚半夜起來用繩子拉住鋼架，恐怕我們家騎樓的採光罩，也早就被風掀走了！」父親表示，自有記憶以來沒遇過這麼驚人的暴風雨。

「不知道小雨家情況怎麼樣了？」麥子惦掛著。

「擔心的話，為什麼不打電話去問問看呢？」傑米提議。

這時麥子才猛然驚覺，自己居然沒有小雨家裡的電話號碼，甚至就連棋盤巷老屋裡，究竟有沒有電話他都不清楚。

因為麥子從沒想過，會面臨無法和小雨聯繫的窘境。更何況，她平常並不喜歡開口說話，多半也只能從話筒中，聽到她呼吸的聲音而已。

麥子後來打電話到金剛阿嗚家，想試著打聽老屋和小雨的消息。但大概是颱風天，就連話訊都產生斷斷續續的雜音，無法順利接通！

約三十幾個小時過去，朝陽社區才總算恢復供電。

電視新聞全是關於颱風災情的相關報導。許多行道樹被攔腰折斷，廣告招牌掉落砸毀車輛，甚至還傳出有房舍倒塌的情形。

不詳的畫面在他腦中浮現。麥子設想著棋盤巷老屋災後的景象，不禁隱隱擔憂起來。

在風雨稍歇之後，麥子獨自來到滿目瘡痍的棋盤巷。

逾百年的老屋不堪強風摧殘，門窗因擠壓變形，崩塌的屋頂磚瓦散落滿地，已呈現半傾倒狀態。

暴雨造成的水患也還未完全退去，屋後的大排水溝疑是讓洪水釀災的元兇。

院子裡他和小雨所創造的大都會區，全散亂地泡在深及小腿的混雜泥水中，水面上許多空罐和零星漂浮物正載浮載沉。

孤獨星球的地圖嚴重走位、秩序全亂了套，再也找不到白雪公主面具，以及泳裝芭比或是小亨利它們的身影了。

或許是「禁忌名字」所派遣的垃圾島幽靈群，已成功將它們拉進永恆的煉獄裡去！

麥子冒險涉水進入半倒的老屋，發現廚房進入密室的洞口，不敵風災已被塌落的磚瓦封閉。

「小雨！小雨！」他用盡力氣呼喊著。

無人回應的情況反而令人感覺心安，代表住在這裡的祖孫兩人，早已到安全地區避難了。

麥子徒手從碎石瓦礫堆中，挖出原本掛在牆洞上的信號爵士啄木鳥，但它受傷很重已無法動彈！

他拍掉爵士身上的灰塵，默默收進牛仔褲口袋，重返雜物四散的混亂庭院。焦急的麥子在混濁的爛泥水中行進時，不慎被底下潛伏的尖銳物刺傷腳踝。

「好痛！」他悶哼了一聲，流著鮮血繼續涉水前進。

屋側的大榕樹主幹不敵強風被折斷，將倉庫密室的屋頂撞破一個大洞！外牆因為纏繞的落地根保護並沒有嚴重倒塌，只裂開一道約四指寬的巨縫。即使如此仍不得其門而入。

麥子透過牆壁裂縫觀看，確定小雨並未受困在裡面總算鬆了一口氣，並暗自祈禱祖孫兩人在房舍倒塌前，已經全身而退！

「希望他們平安無事！」

他進化為宇宙男孩，默默站在崩塌的磚瓦堆上居高臨下，並在心靈深處描繪著災後的場景。

這是孤獨星球的末日，廢棄物的靈魂再度被奪走，宇宙男孩的雷達再也接收不到它們發出的聲音、感受不到它們的心靈，就連雨衣少女也行蹤成謎！

支離破碎的孤獨星球，已成為漂流在宇宙星海上，一座怵目驚心的垃圾島。

✧ ✧ ✧

開學在即，嗜吃狂堂弟在颱風遠離的幾天後，就被父母接回原本的住所。總是吵吵鬧鬧的美髮院樓上，頓時安靜不少。

麥子拿著維修工具，正在為受重傷的信號爵士動手術。他期盼發條啄木鳥再度恢復動力，或許小雨就會重新出現也說不定。

「所以，他們還是沒有回到棋盤巷老屋嗎？」傑米關心著。

他搖搖頭，腦袋一團亂。這些天，小雨和拾荒老人究竟會去哪裡，麥子完全沒有頭緒。

幾天後，老屋院子的洪水才退去，留下的滿地爛泥即將被豔陽烘乾，但陰暗的角落仍不時發出腐敗潮濕的霉味。

蒼蠅漫無目的地，隨處繞著東西打轉。樹蔭下被泡爛的半截獨木舟，甚至開始長出傘狀的菇蕈類來了。

幾天前在爛泥中受傷的腳踝，已留下一道傷疤。在往後的日子裡，每當麥子看到這疤痕，便回想起這個充滿奇幻色彩的夏季，還有神祕的雨衣女孩。

麥子後來拜訪了金剛阿嗚的母親。基於左鄰右舍關係，或許她對老屋所發生的事也略知一二。

「喔，你不知道嗎？老先生住院了。」

她說拾荒老人在颱風夜裡，被突然塌陷的屋頂砸傷了。

「那小雨呢？她也受傷住院了嗎？」麥子繼續追問著。

「小雨？老先生的孫女是叫小雨嗎？」

她疑惑著。感覺和記憶裡的名字不一樣，但也想不起女孩原本的名字來。

小雨這名字其實是麥子自己胡亂取的暱稱，麥子現在也感到十分後悔。不知她真實姓名這件事，竟有如斷線的風箏，從此失去追查她的線索。

「雖然是嚇壞了，但應該沒有受傷。」

金剛阿嗚的母親回憶著當晚的情形，女孩在深夜裡冒著風雨到糖果工廠，用力捶門大聲呼救。

「她開口求救了？既然小雨能說話，為什麼我從來沒聽過她的聲音呢？」

麥子喃喃自語著。

原來她的聲音並沒有被任何人奪走，而是被她自己隱藏起來。

或許只是為了完美扮演神隱於牆壁裡，那個無法開口的雨衣女孩角色，才特意保持緘默也說不定！麥子一時之間，也理不清千頭萬緒。

「後來是我打電話叫了救護車。」她心有餘悸地說，「我先生趕到時，老屋已經倒塌了，老先生也被壓在磚瓦堆下動彈不得！」

想到待人和善的拾荒老人受傷，麥子的心揪成一團。

「那孩子聽說總是孤零零獨自生活，沒有半個家人在身邊。」金剛阿嗚的母親聽拾荒老人提過，小雨出生後媽媽就離家從此行蹤成謎，父親又長期待在海外工作。因此這些年都在寄宿學校裡，只有寒暑假才回棋盤巷老屋陪伴年邁的阿公。

「如今老先生也受傷住院了！」金剛阿嗚的母親嘆息著。

麥子暗想，或許墳墓般陰森的樹屋密室，就是她封閉的孤獨核心，那些被人遺棄的廢棄物不排除也全是小雨的分身。她透過編寫廢棄物的心路歷程，剖析自己的心情。

想到這裡，麥子堅硬的鐵石心腸，竟然隱隱作痛。

十、太極的行蹤解密

晚上，麥子做了感覺怪異的夢。

他夢見拾荒老人臉上的深色胎記，變成一隻烏鴉飛走了。

夢境電影院裡的小雨，也表示要回到遙遠的地方，穿著黃色雨衣來道別。

麥子說：「摘下帽子讓我記住妳的臉。」然後小雨脫去身上的黃雨衣，裡面竟是個透明的隱形人！

「隱形人小雨！隱形狗太極！」

所有的知己，好像一下全跑進隱形的世界裡了。

夢醒後無法入眠的麥子在深夜的客廳裡，不停轉台尋找颱風後續消息的新聞，希望能看到關於棋盤巷老屋災情的報導，找出他們離開後的線索。

然而老屋就像毫不起眼的渺小塵埃，輕易地被人忽略了。

回想起昔日小雨翻閱舊雜誌的執著，原來就跟他現在的心情一樣。或許小雨也在期待，能透過回收的過期報導，找出生死未卜的母親行蹤來也說不定！

不過這純粹只是麥子個人的猜測，他不知道事實真相，也已無人可追問！

新學期開始，麥子不幸又和瑪莉貓女王同班，最慘的是還成了鄰座同學！麥子不禁懷疑是那位擁有「禁忌名字」稱號，穿越幻想世界來到現實，又企圖摧毀他的小宇宙。

他終於明白，「禁忌名字」的真實面目，其實就是「命運」！

「噔！噔！噔噔！」

此刻，命運交響曲裡氣勢磅礴的「命運的敲門聲」，就在麥子腦袋裡轟然乍響！

「我的天，我們之間到底有什麼孽緣？」瑪莉貓簡直快被逼瘋了。

「就是說啊！」麥子也翻著白眼。那是他們第一次抱持相同的想法。

這個暑假，彷彿是將麥子從男孩變成少年的分水嶺。他在新學期的作業本上，寫上被自己刻意遺忘的真實姓名。

「呵呵，放空人麥子，我都忘了你的本名叫徐昭愷。」瑪莉貓揶揄他。

往後的整個學期，瑪莉貓總是鬼打牆似地，在每句話開頭都不忘要連名帶姓，加入這個名字。

「徐昭愷，今天輪到你當值日生。」

「徐昭愷，你能不能安靜一點？」

「喂，徐昭愷，快點交作業！」

麥子因此在名字後面，又加入括號為自己仍保留的童心做註解：

徐昭愷（麥子）

麥子的思緒仍然充滿奇幻色彩，但他的生活十分無聊。數學的魔法公式，仍不時將放空的麥子驅逐到幻想宇宙中遊蕩，所以他的數學考卷經常抱鴨蛋。

「徐昭愷！你那些數量驚人的鴨蛋，小心膽固醇過高喔！」瑪莉貓的毒舌依舊。

「哼，擔心妳自己吧！」他回答。

麥子很氣自己，想不出更惡毒的話來反唇相譏，只好又在午餐時間時，幻想瑪莉貓大啖噁心的死老鼠洩憤。

上完第九節課後加強已是晚間七點多鐘。

忍著飢腸轆轆的麥子，幾次放學路過藍海書屋的櫥窗，都沒再看到講電話的藍瞳孔女店員，不排除她已經離職了。

麥子回家前，順路到書屋購買明天書法課用的墨水。

提著公事包看來一絲不苟的男人，剛從隔壁的美饌自助餐廳離開，搶先他一步進入書屋。

看看手錶正好是七點十五分。麥子想起那人說不定就是女店員口中，總是準時到書屋裡的男人。睽違一段時間他終於又出現了，只可惜女店員已不在這裡。

男人選了一本商業雜誌，到櫃台結帳。

「怎麼我出差回來，就沒看到老是在講電話的那位女店員？」他和男店員似乎原本是熟識關係，劈頭就追問起女店員的行蹤。

「喔，她不久前已經離職了。」

男店員似乎隨時含著爽聲喉糖，每次開口說話，周遭便瀰漫清涼薄荷香氣。

他表示，藍瞳孔女店員其實不是在講電話，而是每天持續用手機，將想說的話全錄音下來。

「錄音？」講求效率的男人百思不解，覺得直接電話交談比較省時。

「算是加油打氣吧！聽說有朋友發生意外陷入昏迷。」男店員用薄荷風味的口氣，雲淡風輕地說著：「好像因為必須上班沒辦法親自陪伴，所以才將錄音檔拿到醫院，每天播放給住院的朋友聽。」

「原來是這樣。」男人看看腕上的手錶，準備離開。

靜心聽完這段對話的麥子十分感動，自己曾經由藍瞳孔女店員滔滔不絕的話語當中，見證一段珍貴執著的友誼。

「瞳孔放大片裡的湛藍色，說不定表徵著為昏迷的友人擔憂的淚水。」麥子滿懷詩意地想著。

✧ ✧ ✧

每當空閒無聊，麥子會到棋盤巷無人居住的廢棄老屋探訪。

這天，他發現有工程車接連駛進狹窄的棋盤巷。

頹圮殘破的老屋，正面臨被拆除的命運，原本靜謐的巷子裡，整天響徹著轟隆隆機器鑽牆打洞的噪音。

趁工人午休時，麥子悄悄潛入工地現場。

樹屋倉庫剛被怪手刨挖出一個大洞。封閉的水泥建築，簡直像被開膛剖肚，露出樹屋密室慘不忍睹的內臟。

他潛入殘破不堪的凌亂密室裡，發現伊莎貝拉木馬已經倒下，分裂成幾大塊的塑料碎片。而阿瑪迪斯鋼琴仍待在原地等待處決，但麥子也無力營救。

打開蒙塵的鍵盤琴蓋，裡面的鋼琴白鍵已經發黃，像是累積了陳年菸垢的黃牙。

「喔，我該拿你怎麼辦啊？阿瑪迪斯。」

帶著歉疚的指尖敲落在鋼琴鍵上，竟意外發出低沉走調的單音。

「原來，阿瑪迪斯並不是完全無法發出聲音啊！」

他覺得那是阿瑪迪斯向他呼救的聲音。

麥子這時才發現，鋼琴頂板上擺著之前沒看過的瓦楞紙箱。

滿心疑惑地打開箱子，首先映入眼瞼的，竟是太極的項圈！

「啊，終於找到項圈了！」麥子激動不已。

除此之外，箱子裡還裝著他小學的作業簿，以及家裡廢棄不用的雜物。他還找到太極的餐盆和水杯，還有一張動物醫院的火化收據證明。

「所以，這表示太極已經死了？」麥子握著死亡證明的紙片，十分震驚。

他恍然大悟，原來一切全是生化人奶奶所主導的詭計！

收據簽收人分明寫著奶奶的名字，卻謊稱是太極離家出走，讓他整個暑假為了失蹤的太極到處奔走！

雖說是奶奶不忍看他傷心所編造的善意撒謊，但麥子還是深深覺得受傷。

太極項圈，來自不當餵食、營養過剩的狗。

（給宇宙男孩：面對真相或許殘酷，但至少不再茫然。）

紙箱裡貼著黃色便利貼，是小雨對項圈的文字註解，和給麥子的鼓勵留言。

大概是在颱風來臨前夕，小雨就已幫忙找出太極的項圈，卻在還來不及告知的情況下，因風災被迫畫下友誼的句點。

麥子常在想，或許是變成幽靈的太極，不忍心留他獨自消失人間，所以才千方百計引導他前往棋盤巷老屋，來到小雨的孤獨星球。

太極靈敏的鼻子，甚至已嗅出和麥子擁有同樣情緒的小雨，都正為了不明朗的真相而茫然。

瓦楞箱裡還有麥子的果醬玻璃瓶，裡面裝著一顆摺紙星星，應該是小雨臨去前特意留下的。

那是一顆縮小版的孤獨星球。

✧ ✧ ✧

「喂，小鬼！這裡不是你該待的地方！」

兩名戴著工地安全帽的工人，聽見阿瑪迪斯發出的低沉琴聲，急忙跑進來。

「屋頂隨時會塌下來，太危險了，快點離開！」

在工人的催促聲中，麥子頹然拿著果醬瓶和太極的項圈，不捨地告別了被拆除中的老屋。

誠如小雨所言，面對真相是殘酷的，但至少他不再為太極的行蹤不明，終日惶惑不安。現在，他只需要時間來化解面對太極死亡的憂傷。

麥子想像隱形的太極去了像天堂般美好的地方；或許是卡爾哈甘島，那裡除了海膽之外，應該也能從潮間帶裡，挖出源源不絕的鮮美黃金蜆來。

「汪汪！汪汪！」

課堂上他凝望著窗外，彷彿看到太極在卡爾哈甘島，快樂追逐浪花的景象。

說不定能言善道的英倫紳士小亨利，也成功說服那位「禁忌名字」，終於逃出垃圾島煉獄，然後輾轉漂流到墨西哥鬼娃娃島，被島上的娃娃當成超級偶像崇拜著。

「啊！是小亨利！」

他想像由世界各地聚集島上的洋娃娃，望著天生擁有明星光環的小亨利，愛慕地大聲尖叫著。

而白雪公主面具，也許已飄到了復活島，成為其中一座摩艾巨石像的面具。

就像新聞報導被颱風打歪引起風潮的紅綠郵筒，那個造型特殊的石像，也變成復活島上熱門的新興地標。

「你們快看，就在這裡！」

他彷彿看到遊客們紛紛拿起相機，排隊等待和戴面具的石像合照的畫面。

至於雨衣少女，她應該就穿梭在麥子周遭的每一道牆壁裡面四處遊走，說不定有天會突然穿牆而出，回歸真實世界來。

「徐昭愷，你究竟又要發呆到什麼時候？」數學老師的聲音，瞬間將他拉回課堂上。

「唉，月考大概又要吃鴨蛋了！」瑪莉貓低聲喃喃著。

麥子因此又被罰洗一個星期的廁所。

相較起小學時期的彈簧人馴獸師，眼前的數學老師簡直毫無個人特色，就像是五官模糊的幽靈，轉身就會立即忘掉他的長相。

不過這也可能只是麥子的觀察力，正逐漸在退化當中。

新班級的同學當中，甚至找不出任何怪奇有趣，可媲美象班長或金剛阿嗚的生物，來豐富自己枯燥乏味的生活。

現在，就連瑪莉貓女王陛下在他眼中，也從奇幻貓科演化為普通人類，變得極其平凡而且無趣！

十一、畫冊的新扉頁

學期末，麥子在青少年繪畫比賽中奪得大獎，原本不被理解的想像力，一夕之間成為眾人的讚賞！

但麥子不希望家人從此對他產生過度期望，他並不想和傑米一樣，老在夜裡磨牙。

大概是傑米嘈雜的磨牙聲，透過耳朵鑽進夢境裡去了。

幾天前麥子甚至夢見傑米的牙齒，全磨成星星形狀！每當張口說話，嘴裡的牙齒就像聖誕節燈飾般，閃爍個不停。

奶奶早已和炫富的電子人言歸於好，又長時間待在電子星球裡閒聊。手機聊天程式不分時段，總是發出「叮咚！叮咚！」一群組朋友的呼喚聲。

除此之外，奶奶還從手機簡訊裡，接收到麥子最不願聽到的壞消息！

聽說嗜吃狂堂弟，今年暑假又即將重返寧靜的朝陽社區，到美髮院二樓繼續擾亂他一家五口平淡的生活！

「嗨！麥子。」

堂弟笑瞇瞇地說：「為什麼你還沒變成不停咳嗽的幽靈呢？」

「那你又為什麼還沒被不停咳嗽的幽靈抓走呢？」麥子不假思索地回答。

這彷彿已成為他們之間共同的語言。

過了一年，嗜吃狂堂弟似乎變得更高也更壯了！而且說不定身體裡原本的三個胃，又多長出了第四個，因此隨時都處於飢餓與極度嘴饞的狀態中。

「好餓喔，再不吃點兒東西的話，恐怕我會餓死！」

嘴饞的嗜吃狂堂弟，像渾身爬滿螞蟻，無法抑制想吃甜食的衝動。

他咕噥著跑進廚房準備偷砂糖吃，卻不知道麥子早已先將罐子裡的白砂糖掉包，全換成食用鹽了。

「可惡，這超鹹的！」他吃了滿嘴精鹽，只好不停喝水稀釋嘴裡的苦鹹味。

惡作劇得逞的麥子，後來竟忘記要將砂糖更換回來，因此那天下午，全家都被迫喝著口感怪異的鹹紅豆湯！每個人都邊吃，邊抱怨連連。

無法消弭甜食慾望的堂弟，將歪腦筋動到傑米珍藏的糖果罐不打緊，甚至意猶未盡將麥子果醬瓶裡面的紙星星，誤當成糖果包裝紙拆開。

「哼，這是什麼沒用的鬼東西啊？裡面竟然連半顆糖果也沒有！」他煩躁地將空無一物的紙片塞回瓶子裡。等麥子回到房間發現時臉都綠了，差點就要進化成憤怒的綠巨人浩克！

「快看，這個好像是留給你的字條。」

幸好傑米的意外發現，很快就讓他消弭了怒氣。也多虧了嗜吃狂堂弟的輕率，麥子才得以發現紙星星裡面，原來還有小雨的留言。

謝謝你讓我重新看見自己。

紙條裡並沒有留下關於小雨的行蹤和線索，但麥子好像能明白字裡的含意；如同他用繪畫和內心的自我交談，小雨也透過文字書寫，重新面對自己。

或許她曾以為自己是回收場的廢棄物，也被所愛的家人拋棄。隨著編構的情節發展，孤獨星球裡點亮的希望之心，同時也照耀了小雨的宇宙。

「如果一直沉溺在悲傷之中，就無法看見擁有的幸福和希望。」

他翻開去年暑假的畫冊，讀著裡面的句子終於領悟，那是小雨透過雨衣少女，自己寫給自己的成長感言。

✧ ✧ ✧

去年說好的黑森林牧場烤肉活動，延宕了一年才舉行。

禮貌周到的象班長，還特地邀請了國小班導前來。

彈簧人馴獸師近期運動瘦身有成，整個人明顯感覺縮小了一圈，彈性疲乏的彈簧，鬆垮垮懸掛在腰間。

麥子再也無法想像，昔日彈簧人猛然彈向遙遠天際時，卡通動畫般的形象。

除了遠赴美國參加青少年夏令營的瑪莉貓之外，所有同學幾乎全參加了。

她在出國前得知烤肉聚會如期舉行時，還特意前往美髮院來數落麥子，說他們烤肉製造的二氧化碳會造成地球暖化，是扼殺北極熊和南極企鵝的劊子手！

「不知道現在都在倡導野餐派對嗎？那才是文明人的休閒活動。」

麥子覺得毒舌的貓女王意有所指，好像在指責他們是摩登原始人！

事實上，她所搭乘的飛機也會排放大量造成暖化的汙染源。

但麥子不再發表意見。不管到哪兒都好，現在他只希望糾察狂瑪莉貓，能盡快離開美髮院，並遠離這個國家！

「如果能乾脆移民到火星，就再好不過了！」麥子對著瑪莉貓離去的背影自言自語。

無論如何，烤肉活動仍在無比歡欣的氣氛下進行著。在誘人的美味食物下，似乎也沒人產生愧對大自然的歉疚感。

「咦，那個可愛的小男孩怎麼沒來？」蘇打餅姊妹分享著同一份肉串。

今早出門前麥子還費盡心力，說服奶奶帶嗜吃狂堂弟去參加電子人聚餐，才好不容易擺脫那隻黏人精。

他擔心嗜吃狂堂弟一旦加入烤肉活動，驚人的食量會加速冰原融化速度，到時地球又不知會減少幾隻可憐的北極熊了！

「什麼可愛的小男孩？」

麥子聳聳肩，假裝不明白她們談論的人是誰。更何況在他眼裡，擁有四個胃的堂弟不但算不上可愛，還簡直是可惡透頂！

「喔，算了！那就當我們沒問過。」

蘇打餅姊妹只好將麥子當成聽不懂地球語言、無法溝通的外星人看待。

熱愛運動的金剛阿嗚，日前才因為打籃球時造成踝關節扭傷，無法加入草原上男同學們的足球爭霸戰。

閒聊時他告訴麥子，棋盤巷的老屋遺址上，已重新建造新房子的消息。

「是嗎？」麥子五味雜陳地回應著。

自從老屋被拆除之後，便再也沒回到棋盤巷。可以的話，他希望能將對老屋的記憶封存進時空膠囊，永遠停頓在孤獨星球末日的那天，起碼那時還遺留著小雨未離去前的痕跡。

✧ ✧ ✧

幾天後一個神奇的早上，麥子被陣陣傳來的金屬敲擊聲吵醒。

他翻身按掉鬧鐘，但噪音仍持續干擾他的睡眠。

「是鬧鐘壞掉了嗎？」

睡意全消的麥子再更仔細聆聽，終於確定可疑的聲音來自書桌抽屜裡，是風災後搶救無效的信號爵士啄木鳥，所發出來的音律！

彷彿被某種神奇力量啟動，毀損的發條玩具突然重現生機。

「鐺鐺，鐺！」

麥子猛然想起，這是信號爵士開啟宇宙黑洞的訊號！

他既緊張又興奮，隱約覺得有值得期待的事就要發生！或許是雨衣少女已返回孤獨星球，等待他重新進化！

經過簡單快速的漱洗，麥子甚至還來不及換下睡衣，就恨不得身上能長出翅膀，秒速前往棋盤巷一探究竟！

「麥子，你穿著睡衣急忙要去哪裡？」監視器奶奶望著由家門前呼嘯而過的單車吶喊。

「我要飛向浩瀚無垠的宇宙！」

爽朗的藍天裡，高積雲彷彿微甜的棉花糖撒滿天空。甜味的藍天白雲之下，麥子誇張的叫喊聲，響徹整個朝陽社區。

「騎慢一點，注意安全啦！」她不放心地叮嚀著。

夏季的陽光，肆無忌憚照耀巷弄每個陰暗角落。

久違的棋盤巷歷經風災大肆破壞，已重獲新生。這裡不再是堆滿廢棄物的老屋回收場，更也不再是長年下著細雨的孤獨星球。

「前面請讓一讓！」魁梧大叔宏亮的聲音大喊著。

獨自扛著單人床墊步履蹣跚的大叔，用奇怪的眼光瞥了還穿著睡衣的麥子一眼，疑惑地由他身旁走過。

麥子不確定搬到這裡的新住戶是誰，但他的內心充滿期待。

搬家工人陸續又從卡車裡搬下其他家具，和許多裝雜物的紙箱。而腹語娃娃小亨利和白雪公主面具，其實就被裝在其中一個密封的箱子裡。

窗外的微風，吹開麥子攤放在美髮院二樓房間的書桌上，畫冊的新扉頁。

每張雪白畫紙裡面都藏有未知的宇宙，也是少年麥子即將迎接的新旅程。

或許橫衝直撞，也沒有明確的目標和方向，但他是迷航宇宙間，渺小卻充滿希望的一粒麥子。

兒童文學38　PG1988

宇宙男孩・雨衣女孩

作者／陳柚希
責任編輯／林昕平
圖文排版／周好靜
封面設計／王嵩賀
出版策劃／秀威少年
製作發行／秀威資訊科技股份有限公司
114 台北市內湖區瑞光路76巷65號1樓
電話：+886-2-2796-3638
傳真：+886-2-2796-1377
服務信箱：service@showwe.com.tw
http://www.showwe.com.tw

郵政劃撥／19563868
戶名：秀威資訊科技股份有限公司
展售門市／國家書店【松江門市】
104 台北市中山區松江路209號1樓
電話：+886-2-2518-0207
傳真：+886-2-2518-0778

網路訂購／秀威網路書店：https://store.showwe.tw
國家網路書店：https://www.govbooks.com.tw
法律顧問／毛國樑　律師

總經銷／聯寶國際文化事業有限公司
221新北市汐止區康寧街169巷27號8樓
電話：+886-2-2695-4083
傳真：+886-2-2695-4087

出版日期／2018年5月　BOD一版　**定價**／200元
ISBN／978-986-5731-86-1

秀威少年
SHOWWE YOUNG

國家圖書館出版品預行編目

宇宙男孩.雨衣女孩 / 陳柚希著. -- 一版. -- 臺
北市 : 秀威少年, 2018.05
面； 公分. -- (兒童文學 ; 38)
BOD版
ISBN 978-986-5731-86-1(平裝)

859.6 107004675

讀者回函卡

感謝您購買本書，為提升服務品質，請填妥以下資料，將讀者回函卡直接寄回或傳真本公司，收到您的寶貴意見後，我們會收藏記錄及檢討，謝謝！
如您需要了解本公司最新出版書目、購書優惠或企劃活動，歡迎您上網查詢或下載相關資料：http:// www.showwe.com.tw

您購買的書名：______________________

出生日期：________年________月________日

學歷：□高中（含）以下　□大專　□研究所（含）以上

職業：□製造業　□金融業　□資訊業　□軍警　□傳播業　□自由業
　　　□服務業　□公務員　□教職　□學生　□家管　□其它______

購書地點：□網路書店　□實體書店　□書展　□郵購　□贈閱　□其他

您從何得知本書的消息？
　□網路書店　□實體書店　□網路搜尋　□電子報　□書訊　□雜誌
　□傳播媒體　□親友推薦　□網站推薦　□部落格　□其他__________

您對本書的評價：（請填代號　1.非常滿意　2.滿意　3.尚可　4.再改進）
　封面設計____　版面編排____　內容____　文／譯筆____　價格____

讀完書後您覺得：
　□很有收穫　□有收穫　□收穫不多　□沒收穫

對我們的建議：______________________

____

____

____

請貼
郵票

11466
台北市内湖區瑞光路 76 巷 65 號 1 樓

秀威資訊科技股份有限公司 收

BOD 數位出版事業部

....

（請沿線對折寄回，謝謝！）

姓　名：＿＿＿＿＿＿＿＿　年齡：＿＿＿＿　性別：□女　□男

郵遞區號：□□□□□

地　址：＿＿＿＿＿＿＿＿＿＿＿＿＿＿＿＿＿＿

聯絡電話：(日)＿＿＿＿＿＿＿＿＿＿(夜)＿＿＿＿＿＿＿＿＿＿

E-mail：＿＿＿＿＿＿＿＿＿＿＿＿＿＿＿＿＿＿